苓菁作品

苓菁作品

苓菁作品

苓菁作品

妖異魔學園

DEVIL ACADEMY : THE SCHOOLHOUSES

群魔校舍

笭菁 著

CONTENTS

妖異魔學園

DEVIL ACADEMY : THE SCHOOLHOUSES

楔子

橘紅的夕陽掛在山頭，即使陽光不甚刺眼，但依然熱得令人汗流浹背，今夏的溫度再創新高，聽說來到了三十九度，叫人難以忍受！

「厚，還是吃冰最消暑！」幾個十六、七歲的男孩群聚在樹下，舀著手中的綿綿冰不亦樂乎。

「趙伯的冰好吃啊，想想放學時刻只要來我們學校一趟，沒一下全賣光了？」坐在樹下的男孩滿足的舀著水果冰。

「我聽說賣冰很好賺耶，賣冰的老頭好像很有錢！」一個高大的男學生扒入最後一口冰，隨手把杯子扔在地上，「附近幾所學校他生意最好，推著車子出來賣又不必租金。」

「說不定耶，我聽說老頭他孫女念一心高校耶！」矮冬瓜的男孩豔羨不已，「那一學期註冊費不是我們的三倍嗎？」

「哇塞，賣冰的可以念到一心？那一定很賺！」幾個男生都訝異不已，看看他們身上都是國立高中的制服，根本沒錢念私立學校啊！「誰認識賣冰老頭啊？」

一旁有個瘦小的男生皺起眉，「我……我認識趙伯……」

「喂，小乾，他住哪？」高大的男孩，王宏一立刻揪住他的衣領，「去跟他借點錢花花！」

「咦？咦咦，不要這樣吧？趙伯也是很省吃儉用的！」被叫小乾的男孩又乾又小，他的冰被打到地上去，「你們不要欺負老人家……」

「欺負什麼，現在誰有這麼多錢啊？應該要捐出來跟大家共享！」王宏一皺著眉，「每個月我們繳多少錢給闇行使啊，大家根本窮得要命，為什麼他一個賣冰的可以賺這麼多？」

「那、那也是他本事啊，大家都、都一樣苦，我媽說能活著就已經很好了。」

「活個頭！我才不要活得這麼孬、這麼忍氣吞聲！你們不知道我媽過得多辛苦，我要拿錢回去孝敬她！」王宏一大吼著，「有朝一日，我還要跨過無界森林！帶我媽去見識更大的世界！」

無界森林？提起這個詞，所有人都倒抽一口氣。

「阿一，好了啦！別亂說！」有人出聲了，「大人不是交代了，沒事不要提那座森林，萬一被『那個』聽到怎麼辦？」

「對啊，而且平常人走不過去的，禁區的事就不要想了。」其他同學也拉住他的手，「放開小乾啦！」

「可惡！難道我們就要一輩子困在這個鬼地方嗎？」王宏一使勁的鬆開小乾，讓他狼狽的跌落在地，「只要有錢，有錢就可以做很多事，還可以叫闇行使護送我們穿過無界森——」

咻——一陣無名風忽然刮起，一票高中生們無不驚嚇得僵直身子，那風強勁的刮起一地落葉，嚇得這群高中生俯首閉眼，不敢動彈。

幾秒後，風停了，個個蒼白著臉色，緩緩的環顧四周。

「幹！都你啦，禁語不能提就是不能提，你為什麼不聽！」男孩們拿起書包，「我要回家了！」

「快點走啦！」幾個男孩吆喝，伸手要把跌到地上的小乾給拉起來。「喂……你發什麼呆？」

小乾的目光透過歪掉的眼鏡有點遲疑的穿過同學們，看向十一點鐘方向，與此同時，男孩們也聽見了喀啦喀噠的聲音……輪子在黃土沙石地上滾動著，捲起沙土與碎石，沙沙沙，喀噠喀噠……

回身看去，一個老人騎著腳踏車，咿歪咿歪的由遠而近。

是趙伯。

王宏一看著那輛裝載著冰淇淋的攤車從他面前經過，看著攤車底下的櫃子，彷彿能透視一般，已經看見趙伯那裝滿奶粉罐的錢……如果那罐錢能到手，媽媽一定很開心！

「好機會怎麼能錯過！」他忽然低語一聲，彎身撿起一根工地旁遺留的鐵條，立刻筆直衝向趙伯。

「阿一！你做什麼！喂——」

一票男生立刻追了上去，王宏一揮舞著鐵條把同學逼開，二話不說就攔住了老人家的去路。

「死老頭！冰賣完了嗎？」王宏一扣住了腳踏車，「拿點零用錢來花花？」

「咦？你們、你們做什麼啊？」趙伯嚷著，一隻腳著地穩住腳踏車，「年紀輕輕不學好，學人家搶劫？」

「閉嘴！錢拿出來！」王宏一吼著，瞪著一旁的男生，「阿草，你去把他攤子撬開！」

「啊？」阿草一怔。

「啊什麼！快去啊！」王宏一拿鐵條戳向他，「你也想被打是不是？」

「你們要做什麼！」趙伯急得跟熱鍋上的螞蟻一樣下了車，盯著王宏一的衣服看，「王宏一，喔喔，你是國立高中的！我記得你了，你……」

啪嚓！餘音未落，王宏一揮動鐵條狠狠往趙伯頭上敲了一記。

還一手遮掩住自己制服上的名字，這死老頭竟然敢記他的名字？

「王宏一！你做什麼！」大頭驚慌大吼，衝上去巴住他的手，不讓他再有機會動手！「你怎麼可以動手打人！」

「他記我的學校又記我的名字，我要打到他不記得！」王宏一嚷著，使勁要掙脫，是好幾個男生擋著他才阻止。

其中一個男生趕緊蹲下要扶趙伯起來，卻看見雙眼瞠圓的老人家一動也不動，趴在黃土地的頭顱，開始滲出鮮紅的血。

「趙伯？」阿中試探性的推推他，「趙伯？」

顫抖著食指湊近趙伯的鼻間，沒有感受到一絲的鼻息。

「哇啊——」阿中跳了起來，「他死了！死了！」

現場一大掛孩子都愣住了，他們錯愕的望著叫嚷著，連王宏一都蹙眉，「阿中，你在說什麼？」

「……阿一？」同樣也扣住他手的小兵低首，同時把他往後推，「血……」

血？王宏一低首，看見趙伯頭顱的鮮血湧出，一重接一重的朝著他們的腳邊湧來……男孩們嚇得連連後退，那血像是有生命一樣，不停地進逼著。

「怎……怎麼會這樣！」小兵失控大叫出聲來，「怎麼辦啊！都是你！人是你殺的，我……我要回家了！」

聞言，其他學生立刻鬆手，拾起地上的書包，個個都嚇得要逃！

但王宏一僅僅遲疑了幾秒，冷不防的揮舞鐵條，朝著離他最近的同學後腦勺打了下去——「誰都不許走！」

「啊——」大頭被鐵條打上，疼得立刻朝前仆倒。

「你們都是共犯，不要以為這樣子就沒事——你們跟我都是一夥的！」王宏一狂暴的吼著，大頭驚恐的往自己後腦勺一摸，抹下一把鮮血。

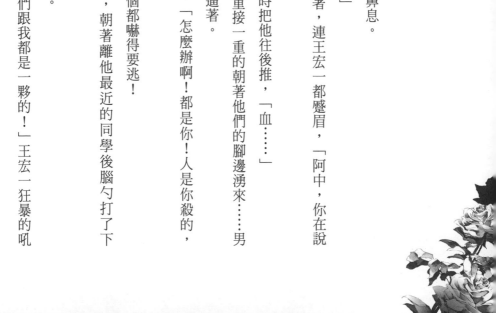

所有的男生都嚇得僵在原地，他們不知道該怎麼辦，共犯？是嗎？因為王宏一下手時大家都在？

而且，如果他們現在選擇離開……男孩們看著王宏一狂暴的眼神，沾染鮮血的鐵條，是不是誰想走，他就會殺了誰？

「快點把櫃子打開，把錢都拿走，阿草快！」王宏一惡狠狠的發號施令，「我們要弄成搶劫的樣子！」

「我不要！」被打的大頭坐在地上大吼，「我們才不是共犯！我現在只要告訴自治隊，我們是證人，不是——」

啪！粗大的鐵條擊上大頭的頭，像是敲擊雞蛋一般，蛋殼輕易破裂，液體從裡頭噴濺而出。

紅色的血濺上王宏一的臉龐，但他沒有鬆手，而是更加使勁的朝大頭那已脆弱的頭顱打去，整個空間只聽見不停地敲擊聲，還有四濺的血花與腦漿，頭骨裂開的聲音清脆嚇人，讓所有學生都釘在地上無法動彈。

遠遠的，一直沒起身過的小乾全身抖個不停，他曲著雙膝，把臉埋在雙掌之間，但是微開的指縫還是看到了這一切……他不想看的，但是他還是看了！

他看見……

「噓……」耳邊，突然傳來與他極為相似的聲音，「乖孩子不可以亂說話喔！」

——咦——小乾瞪圓了眼，僵硬。

「媽媽沒有教你，放學後要趕快回家嗎？」聲音迅速移動，來自他的正上方。

小乾戰戰兢兢的仰頭朝上，他坐在樹下，上方應該只有樹枝啊！什麼時候樹上有人了？

仰起頭的小乾張大了嘴，的確有個人掛在樹梢，他瞠目結舌的看著那具晃盪的身體，低垂的頭吐出長長的舌，血液順著舌頭滴下……滴——答——滴——答——

倏地那吊死鬼的舌頭唰唰靈活舞動，轉眼間就勒住了他的頸子，制止了他所有的尖叫聲，立時將他拉離地面，與之四目相交。

小乾張大著嘴，完全發不出聲音，耳邊還傳來鐵條打碎頭骨的聲音，聽起來頭顱已經被打爛了，因為聲響從砰叩，變成了濕黏的擊血聲。

「誰！還有誰不要的！」王宏一的聲音咆哮著，其他同學懾於那兇狠的氣勢，無人敢吭聲動彈，也沒有人注意到在樹林裡的小乾。

黏膩的長舌緊勒著他不能呼吸，他雙眼開始充血，顫抖著看著眼前那吊死的人……

那個人，好像是他。

第一章

安林鎮今天氣氛非比尋常，一大清早自治隊就已經在大街小巷中巡邏，連鎮長都坐鎮指揮中心，聽說進入了三級戒備，國家級的防衛隊正在密切觀察是否要進駐；原因無他，只因一個晚上四起失蹤案。

三個國立高中的學生，分別是王宏一、小兵跟大頭，還有大家都認識的賣冰老趙，四個人入夜後都沒有返家，家人即刻報案，自治隊曾出動搜尋過一次，但夜晚出動危險性太高，硬撐到子時收隊，接著只能等待天亮。

只是，夜太漫長，入夜後只要在外面多待一秒，就多一分危險性，誰也不能保證誰能活著度過晚上。

等到天明，趙老的孫女及三個學生的家屬都沒有等到人，即使明知凶多吉少，還是抱有一線希望！自治隊太陽一昇起便開始進行搜索，目標當然是無界森林及四周的山岳禁區。

學校譁然，有學生失蹤大家都很驚訝，而且……那三個根本是同一掛的。

「王宏一不是常常說想穿過無界森林？你說他會不會真的去了？」

「誰知道，我看他就只是說說而已，仗著自己力氣大就囂張！搞不好他其實膽子很小！」

「就是，沒有那一票撐著他耍什麼威風？」

很遺憾的，面對其中一位同學的失蹤，幸災樂禍大於恐懼，主因在王宏一行徑實在太過囂張，勒索打架樣樣都來，學校裡很少人沒遭他毒手或被勒索零用錢，每個人都非常討厭他。

偏偏連老師都不敢對他怎樣，上一個處罰他的導師被吊在學校後山，要不是校狗小黃聽覺敏銳，不停狂吠引起注意，只怕一旦掛到入夜就成了妖獸的晚餐了。

這時，眾多人的目光不由得移到了以王宏一為首的其他男生身上，阿草跟浩呆威兩個人從剛剛開始就低頭不語，臉色也不甚好看。

「喂，阿草！你們昨天下午不是一起走？」紅髮的男孩問著，「我看見你們往後門那邊去。」

「對啊，大頭還搶一個低年級的錢！」說話的人昨天是糾察隊，有及時阻止。

兩個男孩都不回應，臉色慘白的瞪著桌上沒翻動過的課本，微微顫抖著。

「你們都在一起，究竟發生了什麼事啊？」有人不客氣的推了浩呆威的背一下。

「哇啊——」浩呆威倏地驚恐大叫，整個人跳起來，彷彿受到多大的驚嚇似的！

而且這根本是連鎖反應，因為浩呆威大叫，導致前頭的阿草也嚷嚷起來，兩個人不但把桌椅都往前推，還回頭瞪向同學，連唇色都泛白，眼神裡盈滿的是絕對的恐懼。

面對他們兩個失常的反應，倒叫同學們有些錯愕，因為這些惡霸平常時候可是極盡囂張，曾幾何時有這種不知道看到什麼的反應。

「喂！夠了吧！」教室靠窗的角落，傳來不耐煩的聲音，「他們兩個一定也被自治隊問過了，朋友失蹤心情也不會太好，幹嘛這樣？」

所有人不約而同的看向教室最角落的位子，一個紅色短髮的女孩沒好氣的托著腮，微蹙的眉頭代表著她並不是很高興。

「芙拉蜜絲說話了……」其他同學們衝著她笑笑，「好了啦！別鬧他們了！」一群人摸摸鼻子，撤離仍舊站著發抖的阿草跟浩呆威身邊，大家換個方向，改到中間群聚著繼續聊天。

而芙拉蜜絲悻悻然的轉向二樓窗外，看著自治隊穿梭在校園裡，她的眼神既羨慕又熱切，望著那身帥氣的紅色制服，她真想穿上那身制服，然後就有機會往最終目標前去——國家防衛隊！

「芙拉，還是妳厲害，一句話就讓他們閉……嗯？」坐在前面的女孩轉過頭，溫柔的笑看著她，「妳又在看自治隊了喔！」

「唉，是啊！」芙拉蜜絲托著腮，很無奈的低語，「我好想去參加訓練喔！」

「芙拉，這根本是不可能的事啊！」江雨晨噘起嘴，很無奈的看著她，「女孩子是不可能進自治隊的，妳又不是不知道！」

「哼！」提到這狗屁規定，芙拉蜜絲就會不屑的轉過頭。

這真的是沒辦法的事，現今人口這麼少，女性人口數目更是罕有，出生入死的事交給男人就好，女性是要負責繁衍後代的，根本不允許涉險。

好處是似乎非常珍貴，但是根本就是全面束縛……至少芙拉蜜絲是這樣想的。

鐘聲響起，喧鬧的教室一下子變得安靜，大家各自回到班級位子上坐定，不一會兒導師便腳步沉重的走了進來。

芙拉蜜絲坐在靠窗的最後一排，角度恰巧可看見兩點鐘方向的門外，明顯有個人影站在門外，導師好像還帶了一個人來？

「大家應該都聽說宏一他們的事了……我們現在只能祈禱，這件事跟妖獸魔物沒有關係，它們也沒有進入鎮裡。」導師語重心長，「還是要再三叮囑大家，不要接近任何禁區，太陽一旦下山就回家，千萬不要在外逗留。」

沉默蔓延，其實大家最憂心的不是失蹤同學的下落，而是——是否有什麼東西破除了結界牆，潛伏到了人類居住的地方！

如果同學們不是在禁區出事，那就代表事情大條了，一旦有怪物潛入，根本沒有人知道會是什麼東西、或是它們會做出什麼事！

「阿草、浩呆威。」導師看向了臉色一直很蒼白的兩個學生，「昨晚辛苦你們了，一有消息也會讓你們知道。」

兩個男孩點了點頭，極為怯懦。

「老師，」班長舉起手，「有找到趙伯嗎？」

導師搖了搖頭，「沒有，事實上，連趙伯那台攤車都不翼而飛，完全沒有蹤跡。」

這其實不意外，聽說有種鬼獸是什麼都吞得下去的。

這裡沒有學生不認識趙伯，他的失蹤比同學消失更令人難受。

「咦？可是老師——小乾呢？」有人留意到了第一排空著的位子，瘦小的男孩，「小乾怎麼也還沒來上學？」

「喔，小乾他還在自治隊那邊問話。」導師說這幾個字時，阿草跟浩呆威兩個人明顯地抬起頭，帶著驚愕，「他昨天好像看見了什麼。」

「看見什麼！」阿草突然失控的站起來，「小乾他、他在哪裡？」

阿草激動的扣著桌子，雙臂的青筋暴露，睜大的眼瞪著導師低吼，他身後的浩呆威則是皺起眉，一臉慌亂。

「阿草，坐下。」導師蹙眉，手指往下比，「我知道你們兩個昨天就先回去了，所以不知道後來的狀況，小乾也是，只是他當時有看見一些異狀，自治隊希望他說得詳細些。」

「小乾他……」浩呆威支支吾吾，「他沒事？」

「嗯？哈哈！原來是這樣！」導師欣慰的笑了，「放心好了，他沒來不是因為跟宏一相同的事件，他只是驚嚇過度，到早上才能說話，所以上午請了假。」

阿草遲緩的坐下，回頭以困惑的眼神看著浩呆威，但是浩呆威只是搖了搖頭，推著阿草的肩頭要他轉回去坐正。

芙拉蜜絲都看在眼裡，難道沒有人留意到阿草他們的腳一直抖個不停嗎？

「我們現在只能祈禱了，誰也無能為力。」導師深吸了一口氣，「來！換個心情，很難得我們這裡來了轉校生——是從南亞區來的喔！」

「咦——」整個班級莫不同時嚷出聲來，連芙拉蜜絲都張大了嘴，南亞區耶！從別的區域來的轉校生超級少啊！

不說交通不便，光是能活著越過一堆禁區就是不可能的事，除非請闇行使當保鑣，否則根本不可能自惡魔與妖獸的手下存活！

班上果然起了一陣極大的騷動，轉校生最多就是同一個國家不同城鎮來的，因為要穿過的禁區並不大，而且多數都是因為父母工作的轉移，國家會有特別保護措施，得以行走安全路徑。

南亞耶，那可是隔了一片海的區域，坐船？還是飛機？怎麼能平安抵達？

「好好，大家冷靜一下，別嚇著轉學生了！」導師嘴角也泛起笑容，事實上這個轉校生真的讓大家相當驚訝，「你進來吧。」

瞬間班上變得鴉雀無聲，一堆人半站而起，期待又興奮的看著走進來的人。

門外的人邁開步伐，優雅的走進教室，他一走入就讓所有人瞠目結舌，飄動的金色捲髮，白皙的肌膚，像美術課本裡雕像的完美五官，高挺鼻樑、精緻比例，還有一雙美得像娃娃的大眼。

是寶石綠，簡直像綠鑽一般清澈透明得讓人驚豔。

而且，是個男生。

淡粉色的薄唇挑著微笑，帶著笑意的雙眼掃視著台下的所有同學，貼著臉頰的金色捲髮耀眼，他簡直像是小說漫畫裡走出來的貴公子……不，這根本是王子吧？

整個班級的學生幾乎呈現石化狀態，連哇塞都說不出來，呆愣的看著這個竟然穿著絲質襯衫的高中生。

芙拉蜜絲的嘴完全闔不起來，她可以想見這個男生在這一秒之後會成為全鎮女孩子的愛慕對象，以及男孩們的公敵！

「喂，你們表情太誇張了！」導師噗哧的笑了起來，「坐下坐下！讓新同學自我介紹。」

斜前方的非裔女孩譚吉兒隔著走道對江雨晨笑著說：「看，我跟他膚色超對比的！」

「我沒看過這麼白的人耶，伯明罕也是白人，但是沒他那麼透明！」江雨晨邊說，一邊看向班上幾個歐美血統的男生。

真的……那男孩美得好透明，彷彿從畫裡走出來的王子，閃耀著無法直視的光芒。

「大家好，我叫 Forêt，來自南亞。」他的聲音輕柔悅耳，「請大家多多指教。」

「那好，你找個位子坐下吧……」導師左顧右盼，指了指角落，「芙拉旁邊有個空位，你就坐那裡吧，芙拉蜜絲！」

「有！」芙拉蜜絲下意識的舉手，回答得中氣十足，引來班上一陣竊笑！

「有什麼，發呆啊妳！」導師笑了起來，「看轉學生看呆了嗎？好啦，我知道他很帥……」

「哈哈哈哈！」班上一陣狂笑，逗得芙拉蜜絲滿臉通紅，她緊咬著唇懊惱不已，雙手緊握飽拳，氣得就往桌面砰的一擊！

「哇！生氣了啦！芙拉蜜絲又生氣了！」附近幾個男生起鬨著，「看帥哥看傻了喔！芙拉怎麼不多看看我呢？」

「吵死了！」她咆哮著，可她越生氣，班上男生就越愛鬧她，這種事是亙古不變的。

Forêt 走下講台，帶著微笑走到最後面的位子，芙拉蜜絲一見到他就慌亂的趕緊起身，因為隔壁是空著的，幾乎變成她的私人倉庫。

「對不起，我收一下！」她焦急的蹲下來，把抽屜裡的東西拖出來。

「沒關係，妳慢慢來。」Forêt 笑著，看起來更迷人了。

「欸，F什麼的，你名字好難唸喔！」

「欸，你是什麼血統？」

前頭講桌上砰砰的傳來敲擊聲，導師威嚴開口，「吵什麼！要問下課再問，我們先上課！」

芙拉蜜絲手忙腳亂的抱了一堆東西回座，沒時間整理只得把它們往袋子裡扔，這堂是歷史課，老師已經拉下了地圖，準備接續上一堂課所說的轉變歷史，而 Forêt 卻目光灼灼的望著她，笑容沒有減低過。

她怯怯的望著他，只差沒問他要幹嘛。

「我還沒有課本，可以跟妳一起看嗎？」他眯起眼，這樣笑起來很像瓷娃娃。

「噢……好！」她猶豫的把課本推過去一點，看著他起身將桌子搬過來，靠在一起。

這堂課她一定沒辦法專心了！天哪，誰有辦法盯著這種美麗的人還能從容自若呢？更別說她從以前就超級憧憬童話故事裡的王子啊！

「上次說到哪裡？啊，世界崩壞的歷史，也就是在新世界發生前的二十年。」導師手指著地圖，「以前地球分為七大洲，但是現在南極洲跟大洋洲已經不存在了，而是重新規劃成四大區；五百年前的人們因為不珍惜自然環境，加以道德淪喪、人心險惡，因此天譴降臨，引發一連串的天災人禍，人類大量死亡，希望讓一切重新開始。」

這段歷史在座的每個人都知道，或許世界上每個人都知道，因為就是天譴降臨之後，才讓他們有現在這樣的生活。

「只是當時的人為了求生存，意圖把天譴送回去，所以開始濫殺無辜者，只要有靈力或是特殊能力的全部都殺，寧可錯殺一百不可放過一人……史學家後來檢討，說不定那樣的屠殺也是天譴之一。」導師嘆了口氣，每次講述這段歷史時，他總會嘆息。

課本裡有張照片，聽說是當年處決天譴時留下的影象，在方尖碑上旁有個披著斗篷的人，天際劈下一道雷，不偏不倚的劈在那人的身上，下一張圖是雷電劈在地面，而綁在刑柱上的人已經在冒煙。

最後一張，是屍橫遍野的協和廣場，無數具焦屍層層疊疊，那些原本都是準備要為殺死天譴而歡呼的人們，卻因雷電劈打的關係，全數死在現場。

芙拉蜜絲總是會輕撫上照片，所謂的「天譴」只是個普通女人，就因為降生命格為天譴，會為世界帶來災禍，所以最後被綁上刑柱，讓其他人決定她的命運。

她沒有罪，也沒犯過錯，歷史記載那只是個二十來歲的女人，一直躲避世界的追殺，直到最後一刻。

「天譴死亡之後，世界就開始崩毀了，事實上在抓到天譴前，各界的法則都已經開始扭曲，我們生活的宇宙或世界裡不僅有人，各地傳說中的鬼神妖魔其實都存在——但五百年前的人們生活得很安逸，他們只有人界，信鬼神，但不是每個人都看得見，各界怪物也都無法跨過法則。」導師再拉下另一張地圖，「但天譴讓法則扭曲了，因此我們現在有哪些族類呢？加分題。」

台下的大家立刻爭著舉手，加分題誰不愛，所有人挺直背脊舉高手，導師挑了一個。「貝爾，你說。」

「有妖類、魔類、魍魎、魑魅、妖獸跟鬼獸，這是最基本的，每一大類還有細分，每個都對人類具有威脅，但對我們威脅最大的，是鬼獸！」貝爾講得十分詳盡，導師笑著，他把下一個問題也一起回答完了。

「對，法則的扭曲讓人類飽受威脅，也因此就算後來把天譴送回天上，世界的災禍才要開始，那時的人們遭遇到了各界可怕的生物或是奇特的族類，人類根本比螞蟻還脆弱，不是被殺、被吃、就是被玩弄……這就是史稱的天譴浩劫——這個很重要。」

全班聞言，立刻拿筆在課本上做了記號，很重要表示考試會考，芙拉蜜絲沒動作，因這段歷史她倒背如流，因為這是她有意識以來的床邊故事；後人並沒有把天譴死亡前的天災人禍定義為浩劫，反而是將天譴死後發生的異變稱為浩劫，合情合理。

「也就是說，其實天譴是必然發生的，就算殺死她、或是送回天上，恐怕早有定數。」導師補充著。

呵。身邊一陣輕笑，很輕很快，芙拉蜜絲狐疑的側首，看見的是挑著嘴角的 Forêt。「你笑什麼？」

「啊？」他依然掛著微笑搖搖頭，「什麼？」

芙拉蜜絲皺起眉，不太高興的轉正，這段歷史很嚴肅的，有什麼好笑的！

「爾後就是人類大量死亡，文明急速衰退，而存活的人類卻認為天譴沒死是抓錯了人，所以持續不間斷的濫殺，逼迫真正的靈能者全數都躲藏起來——一直到二十年後，世界人類所剩無幾，才有靈能者出面。」導師仰起頭，眼神望向遠方，帶著崇敬般的說著，「各國的靈能者聯合起來，重建新的法則與秩序，費時多年才把各式族類封印、設下了結界之門，不讓他們任意進出……但我們都知道，門並不牢靠，所以時至今日，我們都還是身在危險之中。」

教室裡每個人都在點頭，大家只能靠著更多的封印、法器與咒文來保護自己，所以每個人身上都有保命符、護身符，每戶人家就是座堅強的堡壘，因此只要入夜，就不會有人外出，唯有待在室內，才是最安全的。

「老師。」有人舉手了，「為什麼我們不能跟五百年前的人一樣，生活在沒有其他族類的世界呢？」

「老師，為什麼當初靈能者不把所有族類都趕回他們的地盤？將法則修復、再把牆跟門都築好，這樣我們就不必怕了啊！」

「唉唉，這是不可能的啊，記得我剛提到，天譴的歷史中，人們屠殺了多少靈能者嗎？所剩無幾是其一，第二是——有幾個人願意出來？」導師低頭，放輕聲音，「我個人是很感激那些人做的奉獻，但就算現在……我們跟他們之間的隔閡依然很深，能力是一回事，意願也是一回事，我想現在班上的同學，有人還是認為闇行使有害的吧？」

幾個學生點點頭，所謂闇行使便是靈能者的通稱，這幾百年來他們自成一族，也以靈力區分了等級，專為其他「普通人類」解決妖魔鬼怪的問題。

班上開始窸窸窣窣的討論，所有人對於那段歷史都很痛恨，因為現在平均年齡都很短，因為大家隨時生活在危險當中；但是每次父母都會要他們反思，如果他們身在五百年前呢？知道有個人的存在可能讓人類滅亡？是否也會不擇手段的殺掉他？以及其他疑似的人？

芙拉蜜絲想過很多次，她只感到醜陋。

但是她卻做不出決定。

身邊的人輕微震動，修長的手指在桌上輕點，她錯愕的瞥過去，發現 Forêt 勾著嘴角神情愉悅，像是在哼歌一樣，手指敲著節拍？

「你有在聽課嗎？」她擰著眉。

「嗯？有啊！」他笑著，「就是有才覺得有趣。」

「有趣？」芙拉蜜絲揚起了聲音，「那是段悲傷殘忍的歷史，也造成我們現在面臨的困境，到底哪裡有趣啊！」

班上頓時被芙拉蜜絲的怒吼嚇著，無不轉回頭去，連導師都錯愕的看著唯一併起來的桌子，怎麼才剛認識不到幾分鐘就吵架了呢？

「芙拉蜜絲？」導師拿書本輕敲著桌子，「妳跟轉學生吵什麼？有話好好說，老師說過，妳的耐性……」

「他竟然覺得這段歷史很有趣！」芙拉蜜絲倏地起身，直指 Forêt，「人們先是濫殺、再相互殘殺、導致空間與法則崩壞，直到現在我們得過這種夜不出門的生活，他竟然覺得有趣？！」

哇！Forêt 仰首望著氣呼呼的芙拉蜜絲，卻笑得更開了，真是容易激動的女孩。

「唉！芙拉！」導師走了下來，「妳不要這麼認真，歷史是已經發生過的事，每個人都能有自己的觀感。」

雖然，他也不覺得這段歷史能稱為有趣，畢竟五百年前的人性醜惡，導致了後人承其受苦。

「——」芙拉蜜絲雙手緊握飽拳，不客氣的瞪著Forêt，然後倏地把桌上的課本抽回來，她才不要跟他一起看呢！

電光石火間，Forêt一伸手就按住了課本，速度快到導師根本沒瞧見，因為剛剛他的手還放在桌下，竟一眨眼就竄上來了！

「要聽聽我覺得有趣的部分嗎？」Forêt眉開眼笑，無視於芙拉蜜絲的怒容。

「洗耳恭聽。」芙拉蜜絲噘著嘴望向老師，「老師可以嗎？」

「呃……當然可以。」導師點點頭，「我們要包容不同的思想與聲音喔，這是個非常好的例子，來，F……新同學！」他名字也太難唸了！

Forêt優雅的起身，望著黑板上的掛圖，再環顧一眼同學們。「我雖然是從南亞過來的，但我本身是在歐洲區長大，我們的歷史大同小異，不過——天譴是在歐洲區被燒死的，所以有人有不同的看法。」

「對啊，天遣是在舊法國被燒死的，記得舊法國人也幾乎死亡殆盡……」有人這麼碎語著，一邊翻著課本後面的記載。

「燒死天譴前，其實法則還沒有扭曲得那麼嚴重，天災是很多，但是邪魔怪物並未大量入侵人界，反而是天譴燒死後法則崩毀得更嚴重，因此有人懷疑當初那位『天譴』的真實性。」一旁的芙拉蜜絲原本想接口，被Forêt伸手示意先別開口，「第二，是假設天譴真的被燒死送回天上，但後續的事是人類自己造成的，像造成大量死亡的傳染病跟天災，包括法則的扭曲，說不定是有靈能者不滿人類的濫殺，刻意製造出來的。」

所有人都目瞪口呆的望著Forêt，導師心裡明白在亞洲區也有人曾提出這樣的想法，但肇因於五百年前的「天譴」是亞洲人，所以的確有過天譴未死，還回到祖國的謠傳。

「意思是……因為天譴沒死，所以世界才持續崩毀嗎？」芙拉蜜絲皺起眉頭，「或是因為靈能者的報復，才讓秩序崩壞……我們現在才要過這種日子？」

「嗯，不過這都只是各家說法。」Forêt很認真的望向芙拉蜜絲，「我覺得有趣就是在這裡，在我們那邊會進行不同論點的討論，不過你們這邊好像就用一種歷史定案了。」

「因為那是普遍能被接受的歷史。」導師即刻接口，「五百年前世界大亂，那段時間的事情根本很少人知道，連文化都差點不存在，甚至原來的國家界線也消失了，世界人種混居，每個地方都有各國人士、各種文化跟語言，我們只能從活下來的人口中去拼湊一切。」

放眼整個班級，充斥著各種膚色跟髮色的人種，大家盡可能保留自己的母語，但英語最後還是成為世界共通官方語言；在逃難與變遷的時代，多國人士碰在一起，唯一能溝通的還是只有英語。

而歷史，只能拼湊。

Forêt 只是輕笑，只給一種觀念也是好處，至少不必花太多時間在爭論哪個歷史才是真的。五百年前到底是誰造成了秩序的崩毀？天譴到底有沒有死？或是天譴真的降臨了嗎？當年是否只是以訛傳訛造成的悲劇。

「原來你的有趣是指這個啊！」芙拉蜜絲微嘟起嘴，「我以為你在嘲笑那段歷史，是我誤會了，對不起！」

芙拉蜜絲乾脆的伸出手，一點都不扭捏造作，Forêt 望著直爽的女孩，自然的與之交握，握手言和。

導師很滿意這樣的狀況，有他區的轉校生來簡直求之不得，不同文化的撞擊還是需要的，只可惜在這個人人自危的年代，要奢求一個外地學生實在難上加難！

課程繼續，芙拉蜜絲也重新把課本拿出來與 Forêt 分享，現在的她，反而對 Forêt 充滿興趣。

「對不起，打擾了。」門外突然有老師輕喚，「小乾回來了，我送他過來。」

小乾緩緩的走進教室，低垂著頭，看起來很虛弱。

砰剎！課桌椅移動碰撞聲響，又是阿草跟浩呆威，他們像看到鬼獸般的站起來，還一副隨時想往後門跑的模樣。

「喂，你們幹嘛？」導師對著阿草他們皺眉，接著連忙走下講台，「小乾，我以為你會直接回家休息的。你臉色很糟啊！」

小乾搖了搖頭，接著又轉過頭，看向靠牆那兩個站起的男生。「他們都在這裡，我怎麼可以回家呢？」

他們？導師錯愕的順著他的視線看向阿草他們。

「是吧，我們不是好朋友嗎？」小乾揚起了滿滿的笑容。

說好，不離不棄的，對吧？

第二章

夏季時，學校四點就放學了，接下來都是體能課的時間，所有的人都會去上課，基本體能訓練不能鬆懈，還可以額外選擇自己的專科；本日最炙手可熱的，就是剛轉來的貴公子了。

「法海，你以前專精什麼？」弓箭社的社長很認真的打量著他，「會射箭嗎？你怎麼看起來沒什麼肌肉？」

「西洋劍吧！」西洋劍的同學期待的看著他。「歐洲人都玩西洋劍的！」

「說不定是大刀！」

「還是鍊球？雙節棍？長鞭？」

「拜託，他是歐洲區來的，一定是槍！槍！」有個人將擠在前頭的男生都給掰開，「槍枝社，你要什麼槍都沒問題喔！」

芙拉蜜絲隻腳蜷在椅子上，看著被團團包圍的法海，真是羨慕死了，為什麼就沒有人這樣來問她呢？

「那個……」Forêt 非常有禮貌的指著第一個開口的弓箭社社長問著，「請問您剛剛叫我什麼？」

「呃，你不是叫法海嗎？」弓箭社社長理所當然的說著。

「法……法海不是古中國神話傳說的一個和尚嗎？」Forêt 皺起眉，這什麼爛名字！「我叫 Forêt！」

F……只見一票男生下齒咬著上唇，弗弗弗半天，Forêt 還不停的重複著自己的名，試圖用最簡單的我說你跟來教會每個亂唸的同學。

「厚！時間要來不及了，我們要快點去練習了。」槍枝社社長直接擺擺手，「法海，你以前在南亞學校擅長哪種武器？」

「……Forêt。」他不悅的皺眉，「我沒有參加任何體能訓練。」

芙拉蜜絲托著下巴的手頓時鬆了，一票男生莫不張大嘴，下巴跟著掉下來，發出一陣不可思議的——「啊？！」

「沒有體能？那萬一遇到鬼獸怎麼辦？」

「妖獸呢？你沒遇過嗎？」

「魔物呢？至少得跑得快啊！」所有同學都驚愕的望著這看起來弱不禁風的男生，是很高，但是感覺不結實，大熱天還穿著長袖看起來體弱多病？也因此看不出什麼肌肉。

瞧瞧眼前所有人，每個人都是緊身的體育服，各處肌肉都練得碩大結實，事實上所有人都一樣，因為不練身體，遇險時怎麼自保？

「我沒遇過也不在乎。」他聳了聳肩，「況且我有保鑣。」

「哇塞！」這又開了大家眼界了，「闇行使嗎？法海你好強喔！但是保鑣如果掛了，你也是要會一點自我保全的方式吧？」

「嗯？」Forêt 一臉不在乎的聳了聳肩，「噢，我叫 Forêt。」

「法海啊！你有沒有在聽啊！」

「我說，我叫——」

啪啪啪！門口突然傳來擊掌聲，有老師在催促了，「在幹什麼，要練習了還在這邊混！」

「啊？是！」男生們趕緊鳥獸散，還不可思議的望著白淨的男孩，一副他為什麼能活到現在的眼神。

最後一個離開的是扛著弓箭的鐘朝暐，他幾乎確定老師走了又跑回來，但目標並不是 Forêt，「芙拉，我幫妳在我們練習場旁邊安了一個靶。」

「朝暐你真哥兒們的！」芙拉蜜絲倏地站起，「我立刻去！今天什麼課？」

「今天要先練射擊，我幫妳藏了一把步槍，三十發子彈。」鐘朝暐看看牆上的鐘，「妳晚點從側門溜進去，我們前面要先操演，妳要等我們都在練習射擊時再混進去。」

「我知道，我也要先暖身。」芙拉蜜絲比了一個讚，「嘿！好兄弟！」

「好……好兄弟。」鐘朝暐尷尬的也回比一個大拇指。「嘿，法海我走了！」

「我說我叫 Forêt——」Forêt 露出不耐煩的神色，這些人是發音有問題嗎？

教室裡很快的就剩下他們兩個人了，芙拉蜜絲愉快的收著書包，Forêt 根本身無長物，他就只是坐在位子上，轉過來看著身邊的芙拉蜜絲。

「妳為什麼還在這裡？」他問著，「我記得女生不是都去家政教室了？今天要學什麼……織布？還是妳要去樓上游泳？」

「織布？」芙拉蜜絲挑了眉，「我寧可拿刀。」

「噢……」他似笑非笑。

「倒是你啊——」芙拉蜜絲突然逼近了他，直接不客氣的朝他手臂捏來捏去，「都沒有鍛鍊怎麼行？你想當肉雞……嗎……」

嗯？芙拉蜜絲愣了一下，她正掐著法海的臂膀，在指間的是相當結實的肌肉啊！

「誰說鍛鍊一定要在大太陽底下？」法海向後扭了肩頭，讓自己的手離開芙拉蜜絲的抓捏，「我討厭汗流浹背，也不喜歡跟一群男人共享汗臭味！」

「喂，你是都城的人嗎？」芙拉蜜絲雙手交叉胸前，「貴族？有錢人？還是商人？」

只見法海輕輕笑著，緩慢起身，「我就是個學生囉，我要回家了。」

「你是怪人。」芙拉蜜絲拎起袋子，「我要去訓練了。」

Forêt才準備旋過腳跟，忽然間雙眼略微瞠大，如此細微的神情卻還是被芙拉蜜絲捕捉到了，她豎起耳朵想仔細聽發生了什麼事，此時一個影子從門口掠過。

「咦？」她皺眉，即刻往外走去，「誰？」

小跑步從後門走出，芙拉在走廊中間，環顧左右，卻只有她一個人的身影；但是剛剛真的有個人走得很快，快到幾乎像是飛過去的，最奇怪的是……她沒有聽到腳步聲。進教室了嗎？現在違規還待在教室裡的人，她以為就剩法海一個了，畢竟女生是沒有限制的。

「哪班的啊！」芙拉蜜絲邊說，一邊想往前去找，「喂，誰跑回來了？」身後的人突然輕拉住她的手，她回首望向法海，就見他搖搖頭，「別管了，說不定人家只是回來拿東西。」

「回來拿東西……也是有可能啦！」雖然這情況不多見，「但是我覺得哪裡怪怪的。」

「妳不是要去打靶嗎？」法海輕拉著她往後走，「走吧！」

芙拉蜜絲不懂為什麼法海沒有聽見腳步聲，那種速度應該是奔跑，走廊上的奔跑怎麼會沒有聲音呢？

「我還是去看一下好了！」芙拉蜜絲倏地扭開被握著的手，「你先走吧！」

她回身疾步向前走，每間教室的窗子跟門的封閉部分都只到腰際，可以清楚的看到教室內部，有什麼人在皆一目瞭然；只是一間經過一間，她卻沒有看到任何一個人影，這讓她緩下了步伐。

她在快到盡頭時停了下來，從身上的袋子裡拿出護身天珠往頸子上繞，然後再從褲子裡抽出隨身的刀子。

噠噠噠噠……足音倏地從她斜後方響起，芙拉蜜絲立刻回頭，她的後方是校舍中間的樓梯，有人正朝上面跑！

追？不追？她已經隱約感受到詭異的氣氛，現在只有她一個人，誰曉得往上跑的是什麼東西？妖？魔？獸？不管哪一種，都不是她一人之力足以對付的。

「芙拉蜜絲。」法海突然在她身邊，嚇得她差點尖叫，「喂喂——是我是我……」

芙拉蜜絲手持短刀，刀尖都抵到他喉間了，她瞪大眼睛冷汗直冒，「你不知道不能冷不防的這樣接近人嗎？我很可能不小心殺了你！」

「妳沒有啊！」法海還笑得出來，將她的手握住往下，「可以走了嗎？」

芙拉蜜絲遲疑著往上瞥了眼，再看著法海，「你沒覺得怪怪的嗎？」

「我覺得我們該走了。」他這麼說著，這次加重力量，拉著芙拉蜜絲回身往樓下走去。

上樓的腳步聲早已消失，芙拉蜜絲跟著法海往下走，只是每走一階，她都覺得好像有視線在盯著她。

「別回頭。」法海輕聲說著，「就這樣往前走。」

教室裡有東西入侵了！芙拉蜜絲滿腦子只有這個想法，有什麼東西進來學校，不該默不作聲，她要……對，她要立刻去跟老師報告，淨空校園，再找自治隊過來！

『媽……媽媽……』

幽幽的，從上方的樓梯間傳來一陣嗚咽聲。

芙拉蜜絲倏然止步，手指死拉住了前方的法海，他聽見了嗎？有人在說話啊！

『媽……媽媽……』這一次，她聽清楚了！芙拉蜜絲立刻想甩掉法海的手，但這一次，她竟怎麼甩都甩不掉！

往上一瞅，卻見三樓的樓梯石扶把上，有個影子攔腰掛在上頭，根本不成人形，像是一大灘濃稠的泥漿，披掛在樓梯間一般，但是卻有個像頭顱的東西，正喃喃唸著：『媽……媽媽……』

法海二話不說即刻拉著她往樓下奔去，完全不管芙拉蜜絲如何叫喊，他死拽著她抵達一樓，直直往大門口外衝了出去。

「老師——老師——」芙拉蜜絲邊跑出校舍，立刻扯開嗓子大吼著，「裡面有——」

眼前一堆同學跟老師莫不瞪大了眼睛看著她，芙拉蜜絲甚至不知道他們眼神裡的驚恐所為何來……看著她上面？上方有什麼？

「芙拉蜜絲！小心——」

芙拉蜜絲仰首，藍色的眼裡映著一個影子，由三樓掉下來的影子。

砰！

三樓，女子泳池。

「聽說了嗎？好像今天一整天都沒找到人耶！」幾個女生在更衣間聊著，「通常只要過夜失蹤的似乎都凶多吉少耶！」

「還沒有過夜活著的例子吧？」另一個女孩從櫃子裡拿出浴巾，「啊，好像只有一個人……」

「那是運氣好！正常來說不可能。是說……王宏一真的闖進無界森林嗎？」

「誰曉得？」幾個女孩子瞟向一邊的紅髮女孩，她紮著馬尾，正擰著眉把浴巾披上肩頭，「只知道他很嚮往而已……伊兒莎，妳說呢？」

砰！女孩用力的關上櫃門，力道之大，讓門傳來迴音。她斜眼瞪著她們，「看我做什麼？我怎麼知道他跑去哪了？」

「欸，妳跟王宏一不是在交往嗎？」女孩們好奇的問著，「他是不是真的去挑戰無界森林了？」

「關我屁事！」伊兒莎的確是個美人，中東混血臉孔，也算是學校裡的女王蜂之一，「我跟他又不是真的在交往，我根本不喜歡他。」

「咦？」女孩子們都站了起身，跟著往淋浴間去，「真的假的？我們看你們都膩在一起啊！」

「那只是王宏一纏人而已——他對我還不錯啦，但是說真的，誰喜歡那種專門在勒索威脅別人的傢伙？」伊兒莎悻悻然的步入淋浴間，找個位置掛上浴巾。

女子淋浴間相當寬敞，圓形設計，並沒有隔間，上方裝置眾多無數個淋浴管，算是公共空間；正中央有個環狀淋浴設施，三個女生就跟伊兒莎一起圍成個小圈，順便好聊八卦。

畢竟王宏一每天都拉著伊兒莎到處走，大家都認為他們打得火熱，沒想到現在伊兒莎說她根本對他沒意思？

「說真的，宏一身邊每個人都比他好多了，大頭、小兵……就算那個乾巴巴的小乾都強過他，哼！」伊兒莎扭開水龍頭，仰首任水淋下。

「不會吧？」珍有些為難，「我覺得王宏一看起來還不錯，而且人高馬大的……」

「就長得高大有屁用？」伊兒莎轉過了身，任水沖淋著髮，「妳們要是知道……」

居然敢……這樣說……我……

咻——一個影子從霧面玻璃外掠過，伊兒莎愣了一下。

「知道什麼？」一旁的碧華問了，怎麼話說到一半停了。

「外面有人的樣子。」伊兒莎皺起眉頭，「剛剛跑過去。」

「咦？可能有人回來洗澡吧？泳池那邊也還有幾個人。」其他女孩並不以為意，關上水龍頭，開始抹起肥皂。

話題回到王宏一失蹤的事，還有大頭跟小兵，其實大頭跟王宏一算是哥倆好，因此所有人都猜他們是去冒險才出事。

「他只是說說而已，耍嘴皮子跟逞兇鬥狠是他專長。」伊兒莎將滿頭的泡沫收起，「他真正想做的事是卑鄙奸詐又不勞而獲的！」

四個水龍頭再度打開，嘩啦啦的水聲在淋浴間裡迴盪，女孩子們闔著雙眼仰起頭，迎接淋下的水花，而淋浴間外，也緩緩的走進一個渾身髒污的人，來人雙腳沾滿了爛泥，每走一步，就在白色的地磚上留下污泥。

伊兒莎正首，抹去臉上的水，才張開雙眼，卻赫見眼前地板上一大堆的泥土，正被她們沖澡的水溶解，往排水孔汩汩流去。

咦？她愣住了，地面怎會這麼髒？從哪裡跑出這麼多泥土？伊兒莎皺起眉看著泥巴從門口一路過來，她不停地抹去從眼睫滴下的水，然後發現泥土的蹤跡一路到她面前後，然後延伸到她的身後……她盯著地面轉過身子，終於看見了一雙腳。

一雙再怎麼看，都不是屬於人類的腳。

無比碩大、上面插滿了玻璃碎片與雜物，粗糙的皮膚上有著不規則裂開的傷口，傷口裡填滿了黃綠色的膿或正蠕動的蛆蟲——伊兒莎下意識的放聲尖叫，同時旋身逃離！

她甚至來不及抬頭看清對方的長相，長久以來訓練就是叫她要——跑！

只是，才轉身，她根本來不及尖叫，偌大的手一拳打進她的後腦勺，從她張大的嘴巴裡穿了出去，拳頭與鍋子一般碩大，向上一拔抽，就將那美麗的容貌從嘴巴處撕扯下半顆頭。

大手將半顆頭掛上隔壁的淋浴出水口，珍正搓著臉，再緩緩睜開，但睜眼即見一片血紅，她狐疑的眨了眨眼，紅色的血水只是不停地滴落，她驚恐的向後退著，甩掉一臉的水，好不容易才能看得清楚。

但是看清楚時，卻瞧見伊兒莎嘴巴以上的部分，掛在水管上頭，血與腦漿順著被沖刷而下……

「哇——」她嚇得尖叫，驚動了其他正享受淋浴的女孩。

女孩們永遠不知道一睜開眼，竟會看見駭人的東西。

珍激動的回身要抓過浴巾往外衝，一回身就看見兩公尺高的東西卡在她面前……三個女孩瞪圓了眼，看著眼前這個徒具人形，卻又不是人的怪物。

「鬼……鬼獸？」珍戰戰兢兢的抬眼向上，看見那顆醜陋的頭，隱隱約約還能瞧見幾分熟悉，「天哪……是王、王……」

『妳們……看起來很好吃……』長滿凸瘤的頭笑著說，咧開的嘴裡，還有正在嚼的眼珠子。

伊兒莎的眼珠？！

「警鈴！快按警鈴——」珍放聲大喊著，「鬼獸入——」

餘音未落，大掌直接往她天靈蓋一壓，啪嘰一聲鮮血噴濺，珍的頭就這麼消失在她的頸子之上，身子咚的頹然倒下；另外兩個女孩飛快地想往牆邊的警鈴衝去，但是鬼獸倏地擋去了她們的去向。

「王……宏一……」碧華跟小平不可思議的尖叫，「你怎麼會變鬼獸了！清醒一點啊！」

『我……討厭妳們……』牠面無表情的說著，『虛偽的人……瞧不起我的人……』

兩個女孩只是眼尾互瞥了一眼，瞬間各自朝兩個方向奔去，無論如何，至少有一個能逃出生天——碧華伸長了手眼看著就要按到警鈴，鬼獸卻二話不說抓住她的手，輕鬆一扯，就將她從肩膀根處連根拔起。

「哇啊——啊啊——」碧華撕心裂肺的慘叫著，整個人倒上了地，上頭未關的水持續沖著，血水溢流一地。

向門口跑去的小平眼看著就要奪門而出，卻被拉住了腿，她瞬間被向後扯拉，感受著自己騰空飛起，下一秒就被甩了出去。

只有上半身甩了出去。

眼睜睜看著自己的下半身還握在鬼獸的手上，人卻不停的往後飛著，有那麼幾秒鐘的時間，其實痛楚未曾襲上……但當她撞破玻璃的那剎那，她終於感受到身子被撕開的痛以及深切的恐懼！

「哇啊啊啊啊——」

鬼獸緊抓著手上的腿，聽著聲音由近而遠，最後砰的一聲，在地面上撞擊出生命告終的聲響。

在地上痛得打滾的碧華全身都在抽搐，看著鬼獸向前一步邁進。

『我……總有一天會穿過無界森林的。』牠呼呼的說著，『妳們休想瞧不起我——』

了。

牠怒不可遏的吼著，大手狠狠的朝她胸前一刨，碧華連慘叫都來不及，她的身體就不見肌膚與骨頭成了灘爛泥似的握在鬼獸的掌心裡，牠忿恨的瞇起雙眼，長舌一舔，唏哩呼嚕把手上的肉泥吞了進去，舉起右手小平的下半身，沒有多少遲疑，也全塞進了嘴裡。

『沒有想到……原來人這麼好吃啊……』

牠咯咯笑著，大步向前走，輕而易舉的穿過了磚牆，身形逐漸轉為透明模糊，終至隱匿。

第三章

復甦樓被圍了起來。鮮黃色的塑膠條上面印著紅色的「自治隊」字樣，將整棟校舍圍了一圈，數輛自治隊的車子停在外頭，部分隊員們都已進入，而芙拉蜜絲就坐在某輛敞開後門的車子裡，盯著校舍裡進出的人們，目不轉睛。

「芙拉蜜絲？芙拉蜜絲？」教官在她面前彈指，好不容易才勾回她的注意力，「輔導官在問妳話，妳專心點。」

芙拉蜜絲緩緩向左移了十度，車外一個穿著黃色背心、坐在凳子上的男性正望著她，有點無奈。

「芙拉蜜絲同學，妳得專心，這樣我沒辦法問話。」他擰著眉，相當嚴肅。

芙拉蜜絲身上披著浴巾，表情比輔導官更為嚴肅，她目光灼灼的盯著校舍看，臉上身上全是血花四濺的痕跡，剛剛驗屍官還從她的頭髮裡夾走些許內臟組織。

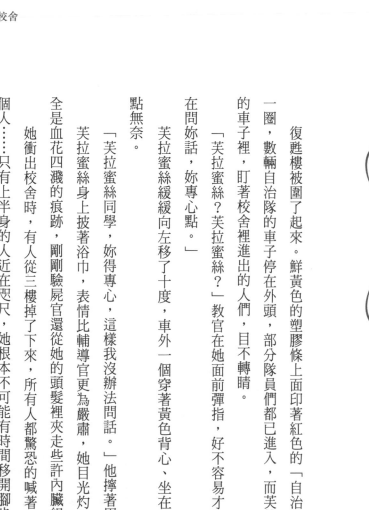

她衝出校舍時，有人從三樓掉了下來，所有人都驚恐的喊著，她仰頭向上望時，看見一個人……只有上半身的人近在咫尺，她根本不可能有時間移開腳步！

千鈞一髮之際，法海把她推開了，某個赤裸的女孩掉在她身旁，頭顱破裂、血花四濺，濺了她一身……而失去的下半身所造成的傷口，也讓內臟在墜樓的過程中四散。

接下來的事一切按照標準流程，老師們通知自治隊，她被帶到一旁，誰都不能碰她，因為她是證人也是證物，一直到採證完畢，學生相關的輔導官才來做筆錄。

「死了幾個人？」她幽幽的開口。

「還不確定，聽說支離破碎的……不對！」輔導官嘖了一聲，「現在是我在問妳，妳在教室那邊看見什麼？聽到什麼？仔細的說一次。」

「有東西潛入學校嗎？是什麼？」她緊皺起眉，「就這樣被撕成兩半，那不是普通人的力量……是妖獸嗎？牠們為什麼可以越過無界森林！」

「這還不能確定，但的確正如妳說，把人撕成一半的力道不可能是人類！」輔導官神情凝重極了，這件事對整個鎮上都是異常嚴重的事，「其他的屍體也都破碎不堪，連個全屍都沒有……」

「可惡！」芙拉蜜絲緊緊揪著浴巾，「我今天為什麼不去游泳？要是我上去就好了！說不定大家都不會死！」

呃……輔導官怔住了，這女孩在說什麼呢？「芙拉蜜絲！下次萬一真有撞見什麼也不能自己過去！這太危險了，今天這麼做才是正確的！」

芙拉蜜絲別過頭，擺明一點都不想聽人說教。

「妳有沒有在聽！妳怎麼能有這種想法？妳知道女性是很珍貴的，今天一口氣就死了至少三位，我們禁不起折損！」輔導官嚴正的訓誡著，「如果那真的是妖獸，憑妳一己之力怎麼能對付牠們！」

「沒試過怎麼知道？五百年來，人類戰勝妖獸惡魔的事還不夠多嗎？」芙拉蜜絲冷冷的挑了眉，「防衛廳的每個人，還不都可以獨立打贏鬼獸跟妖獸？闇行使更是使用靈力就行了！」

「妳——」輔導官看向教官，「她平常就這樣嗎？」

「啊……芙拉蜜絲是比較活潑一點！」教官趕緊轉向芙拉蜜絲，拚命用眼神示意，「先配合長官做筆錄啊，芙拉！」

她看出教官的眼神，事實上她在學校偷偷鍛鍊自己的事，所有老師都睜一隻眼閉一隻眼，要是真的讓外面的人知道學校讓一個女孩子接受多餘的訓練，一定會有人被懲罰的。

她深吸了一口氣，「我看到有影子很快的從教室外面閃過去，透明的玻璃窗，我卻只看得到殘影，等我走出去找人時，卻什麼也沒看見……也沒聽見，進教室至少會有關門聲吧？但是都沒有……然後我卻聽見西側的樓梯有足音。」

輔導官飛快的速記，「接著說。」

「我本來要上去，但是法海卻阻止我。」提到這個，芙拉蜜絲就有點不爽。

「……法海？」輔導官忍不住抬起頭，「白蛇傳裡那個法海？」

「新來的轉學生，長得超……帥的歐洲人。」芙拉蜜絲轉了轉眼珠子，「他叫法海啊！」

「Forêt。」冷不防的，車子邊突然站了個金髮少年，「請、不、要亂改我的名字。」

輔導官一隻手都按在槍上了，這少年從哪兒冒出來的？他甚至沒有注意到他站在車子邊？芙拉蜜絲也嚇了一跳，奇怪，她的視線應該早就可以看到站在車旁的人嗎？前一秒她沒見到任何人啊！

「就他……阻止我上去。」芙拉蜜絲驚魂未定的瞄著法海看。

「同學做得很好。」輔導官趁機讚美，「妳有沒有想過，如果妳上去的話，說不定你們兩個都會死於非命。」

法海微微挑著嘴角，又是那種似笑非笑的表情，看得芙拉蜜絲又有股無名火，忍著繼續說，「我那時還聽見說話聲，很緩慢的說話聲……」

「說了什麼？」

「說了……」芙拉蜜絲瞪大雙眼，卻陡然一怔，「說了……我忘了！噯，聽不清楚啊！法海，你有聽見嗎？」

「Forêt。」他挑了挑眉，「我沒聽見。」

「你沒……對啦，那聲音不大，模糊不清像含著滷蛋說話，可是我確定有人在上面，而且……」芙拉蜜絲微皺了眉頭，而且，她覺得很不對勁。

她看著三樓時，覺得樓梯間異常的暗，不僅僅是光線的問題，事實上樓梯面對著外頭，偌大的窗戶透著陽光，不該跟晦暗扯上任何關係，可是在她眼中，那時的樓梯就是詭異的暗，像是黑色的霧氣籠罩在整個樓梯間的感覺。

正常人會看到那樣的景像嗎？而且她腦子裡好像有個聲音，或是某種直覺在告訴她，小心、危險，或是那邊有問題。

這就是她為什麼會想去一探究竟的原因……但是，這正常嗎？

「芙拉蜜絲？」輔導官輕喚，「妳想到什麼了嗎？」

輔導官雙眼充滿期待的望著她，她的話沒說完啊！「而且什麼？」

「而且……現在大家應該都去體能課了，樓上是女子泳池，可是那個足音很重。」她淺淺一笑，說了謊。

她不得不說謊，這種奇怪的事不能隨便說，因為五百年前的戰事，導致現在如果「特別」就不會是件好事。

「好，然後法海同學當機立斷就帶著妳跑出來了。」輔導官邊唸邊寫著，倚在車門邊的少年皺眉，是要說幾百次，他叫 Forêt！法海個頭！

「法海也有感覺喔！他一直叫我不要去，然後拉著我就衝！」芙拉蜜絲趕緊把球丟給法海，他回首望著她，瞪大的綠色眸子露出不悅：幹嘛扯上他！

「她說有人從走廊過去，但是我出去後也沒看見，當然覺得奇怪。」法海端起溫和的笑容，像個乖巧的優等生，「以前在任何一個學校的教育都是：只要發現異常現象，什麼都別管：第一，火速離開現場；第二，報告老師。」

「說得好！」輔導官用力擊掌，「這才是標準的流程——芙拉蜜絲同學，難道學校不是這樣教妳的嗎？」

可惡！芙拉蜜絲斜眼瞪向法海，幹嘛又害她被罵？「是，下次我會小心的！但是——這次我還是照做了啊，結果呢？我衝出來卻差點死於非命！」

萬一被樓上掉下來的人砸死，還是死啊！

「沒有人能預料到樓上會有人掉下來！這是意外，而且妳不是也沒受傷？」輔導官不悅的低斥，「妳不要搬這種歪理！請按照流程做，避免無謂的傷害！」

「是！」她回得不甚甘願，因為她並不認為一味的躲避就能解決事情。

他們已經躲得夠辛苦了，在各種威脅之下生存，大家難道不厭倦嗎？看著歷史課本裡關於五百年前的科技、舒適的生活，除了人類的自相殘殺與天災外，根本沒有什麼值得害怕的事！

留下的照片跟影音資料都看得見，現在的生活卻像是六百年前的生活，比秩序崩壞前還倒退，勉強保留了一些先進的科技，也是在都城間使用，因為電子設備很容易被邪物入侵，而許多非人族群都屬於電波的一種。

不遠處緩緩走來抱著飲料的江雨晨，她擔憂的往這邊看過來，輔導官算是問話完畢起了身，一回頭就看見她。

「我朋友。」芙拉蜜絲趕緊出聲，要不然光輔導官那副模樣就會嚇哭雨晨了。

「噢，我問完了！她可以過來沒關係。」輔導官轉向教官，「如果她還有想起什麼，請記得通報。」

「是。」教官立正敬禮，自治輔導官立刻往夥伴那邊走去。

江雨晨抱著三瓶可樂過來，她總是貼心，原本應該是輔導官一瓶、教官一瓶、芙拉蜜絲一瓶，現下輔導官走了就多一個法海，數量還是剛好，她帶著甜美的笑容，一人遞上一罐。

芙拉蜜絲啪的打開，大口咕嚕咕嚕的灌下，暢快的啊了一聲！

「謝謝，我不喝。」法海溫和的婉拒，夕陽下的臉龐，讓江雨晨不自覺緋紅了臉。「妳喝吧，妳都流汗了。」

「謝謝。」她笑得甜甜的，法海真的好帥喔！

再往前走近些，一細看芙拉蜜絲，江雨晨立刻僵住身子，看見她身上都是血跡，臉上還有噴濺的痕跡，讓她紅潤的臉色立刻刷白。

「天哪……」她發起抖來，「我聽說有人跳樓，差點壓到妳，真的、真的……」

「不是跳樓，是三年級的碧華，她只有上半身掉下來而已。」芙拉蜜絲眉一挑，看著校舍，「看！抬出來了！」

出來了？江雨晨才回頭就看見自治官們抬著擔架步出，擔架上的白布讓恐懼的她立刻正首，背對著門口連動都不敢動；而坐在車子裡的芙拉蜜絲二話不說一揭浴巾，直接跳下車子，三步併作兩步的往自治官那邊衝。

「芙拉蜜絲！」教官連攔都攔不住。

「做什麼！」自治隊員們打直右臂，阻擋這滿身是血跡的學生，「不要靠近！」

「我想知道是誰？他們怎麼了？」芙拉蜜絲越過自治隊往擔架看，怎麼看都不是人的形狀，根本只有一小塊！

「這個不是妳該關心的！」自治隊員兇惡的回應，但是芙拉蜜絲卻絲毫不畏懼，她想知道碧華的下半身呢？至少要有個像下半身的遺體吧！

門口一下子熱鬧起來，瞧芙拉蜜絲的模樣大家都知道她便是差點被壓到的學生，但是她這般不畏懼的橫衝直撞，也讓眾人錯愕。

「幹什麼幹什麼……」後頭走來自治隊長，他一看見芙拉蜜絲頭就暈了，「芙拉……又是妳，你們快點抬上車，妳！過來！」

「真里大哥！」芙拉蜜絲雙眼一亮，趕緊跑了過去。

堺真里嘖了一聲，伸手按住她的雙肩，從上到下打量一遍，聽說她差點被壓死，所幸現在是毫髮無傷！

「妳喔，怎麼扯上這種事？」他皺著眉，「回頭我怎麼跟大哥交代。」

「快告訴我屍體的狀況，死了哪些人？」她沒理會身上的血腥味，踮起腳尖問著。

「妳……妳怎麼老是對這種事有興趣？」堺真里無奈極了，「反正等等就會公佈了，死者是三年級的珍、碧華、小平及伊兒莎。」

咦？芙拉蜜絲瞪圓了眼，伊兒莎？王宏一的女朋友？

「基本上我們沒有找到多少屍體，都是殘肢……下半身也不在，小平的軀幹整個消失，只剩下肩膀以上跟下半身，而且右手被扯斷了；伊兒莎的頭掛在水管上，其他都不見。」

「妖獸……」芙拉蜜絲直覺想到那喜歡吃人的邪物，「他們從無界森林進來了嗎？」

「不知道，但是妖獸怎麼能越過層層結界牆？我們設定了很多防範錯施，更別說能造成這種傷口的妖獸應該很大隻，不可能沒被瞧見！」堺真里質疑的是這點，「不過如果是強大的妖獸就麻煩了……好了，我們得先去發佈警戒，必須快點除掉這隻妖獸，不然還不知道多少人會受害！」

「嗯……」芙拉蜜絲敷衍似的點點頭。

「別嗯啊嗯的，妳快點回家！」堺真里拍拍她的肩，「也快去洗一洗吧，妳身上都是……」

「我知道啦！你快去忙吧！」芙拉蜜絲懂事的說著，事實上，越過堺真里的肩膀，她看的是校舍正門裡的穿堂。

那團黑色不明的霧氣，就懸在半空中。

堺真里嘆了口氣，就小跑步往車隊那邊去，而芙拉蜜絲卻站在門口一動也不動，看著那懸浮於半空中的黑色氣體，這不會是錯覺，因為那是一團球狀物，地面以上一公尺感覺還明亮，但是再上去就混濁不清了。

她應該要搞清楚，那究竟是什麼東西！

啪！倏地有人伸手拉住了她，芙拉蜜絲驚訝的回身，又是法海。

「妳現在又想幹嘛？這裡……看到了嗎？」他手指比著黃色的封鎖線，「這是封鎖線，不是長跑的終點線，妳一副很想撞開它的樣子。」

芙拉蜜絲低首，對，她忘記有封鎖線在了，現在還是自治隊的範圍，他們依然在調查中。

「我只是想進去看看。」她倒不掩飾，「可以上三樓的話就好了。」

「妳該不會想看現場吧？」法海沒好氣的說著，「血跡斑斑有什麼好看的？而且說不定兇手還沒走。」

芙拉蜜絲居然亮了雙眼，正首直視著那團黑霧，「還沒走啊……」

「真不知道該說妳是膽子大呢？還是該說妳是不怕死的白痴？」法海直接拉了她往回走，「那種死狀根本不是人幹的，妳竟然不懂得閃遠一點，妳是人類知道嗎？」

「我們閃躲五百年了。」芙拉蜜絲哼了一聲，「我一點都不想再躲。」

哦？法海微微回首，露出一抹嗤之以鼻的笑意，「那妳想怎麼辦？改變這個世界嗎？」

「為什麼不行？」她昂起頭，雙眼熠熠有光。

即使身上沾染著血、即使她只是個學生，即使她看起來纖細，但此時此刻沐浴在陽光下的她，卻閃耀著光芒。

真有意思。法海逕自笑了起來，沒讓身後的芙拉蜜絲聽見，他已經很久很久沒有聽到這樣的言論了。

小碎步的聲音跑來，是江雨晨，她抱著芙拉蜜絲的書包奔至，「芙拉，妳的書包！」

「啊對厚！」芙拉蜜絲尷尬的笑著接過，「都法海啦，莫名其妙拉著我就走，害我忘記回車上拿了！」

「沒關係。」江雨晨搖了搖頭，笑得一臉可愛，「欸，剛剛真里大哥有跟妳說發生什麼事嗎？」

「一點點。」芙拉蜜絲神秘兮兮的說，「伊兒莎死了耶！」

「唷！」江雨晨驚訝得倒抽一口氣，小手掩嘴，「伊兒莎？哪個伊兒莎？」

「我們學校就一個伊兒莎啊，王宏一的女朋友。」芙拉蜜絲眨了眨眼，「王宏一才失蹤，他女朋友今天就出事了……妳不覺得奇怪嗎？」

「芙拉……」江雨晨哭喪著臉，「基本上我覺得光是王宏一失蹤就很不好了，今天不管誰死都很糟糕啊！」

「唉，我不是這個意思。」芙拉蜜絲揮揮手，「我就是覺得很多地方都不對勁……」

「發生這些事還不覺得怪也就糟了。」法海明明是拉著她走，奇怪的是卻好像繞著封鎖線……一直走到校舍後面去？

芙拉蜜絲狐疑的皺眉，發現法海一邊走還一邊往校舍打量著，自治隊的人已經集中在前門，而他們即將轉第二個彎後，就等於到了校舍正後方的後門了！

後門跟前門是相對著的，但是通常復甦樓的後門不會開，長年緊閉，後門面對的是另一片練習場，再翻過牆就是學校後門了；法海的手此刻微微鬆開，他正望著緊閉的校舍後門，接著再往兩旁張望，像是掃視著窗戶。

突然間，芙拉蜜絲打了個寒顫，她不安的雙手交疊，發現雞皮疙瘩一粒粒爬滿手臂……奇怪，變冷了嗎？她環顧四周，怎麼這裡沒有自治隊的人，就只有他們三個……不，不只他們三個。

直覺告訴她，在眼前緊閉的門內，有什麼在看他們。

「法海……」她低語，為什麼法海要來這裡？

「別動。」法海只是這樣說著，「乖乖站著就好。」

咦？江雨晨聞言，只是驚慌失措的黏在芙拉蜜絲身邊，挽起她的手，都快哭出來了。

『……芙拉……絲……』隱隱約約的，有聲音彷彿從裡頭逸了出來。『芙……拉……』

嗯？芙拉蜜絲愣住，怎麼好像是叫她似的？並不完整，可是前頭的發音很像啊！她急欲往前，江雨晨立刻扣住她的手向後拉——法海不是說不能動嗎？

嘖！芙拉蜜絲只好聽話，因為她覺得法海似乎知道些什麼。

『芙拉……』聲音越來越清楚，幾乎像是貼在門上說的，『蜜……絲……』

是她！的確是在叫她！但是那種聲音是什麼？明明在說話，可是聲音卻不像是人啊！像是有人嘴裡塞滿了東西般的語焉不詳，而且還像從山中傳來似的，帶著迴音呢！

迴音？怎麼會有這種效果，對方就在門的那一端啊！

剝剝剝……奇怪的聲音伴隨異象現身，在緊閉的對開門縫中，開始流溢出某種液體，黏稠得難以滑動，努力的想從門縫中擠出來一般；江雨晨更害怕了，把頭埋進芙拉蜜絲的手臂間，空氣中跟著傳來一股詭異的味道，芙拉蜜絲擰著眉不敢妄動，看那好像爛泥或是黏土的東西從縫裡越流越多……越流越多。

法海輕輕向左撇了五度，「不許動。」他狀似沒有動嘴唇，但是芙拉蜜絲聽到了。

纖瘦的身體向前，芙拉蜜絲緊張的嚥了口口水，她不知道這歐洲男生到底哪來的勇氣，想去一探流出來的「東西」到底是什麼？

各種威脅在她腦海中閃過，如果是妖類怎麼辦？法海就這麼接近……少年緩緩伸出手，狀似要碰觸那越流越多的爛泥，芙拉蜜絲眉頭皺得死緊，屏住呼吸，天哪，她聞到好噁心的臭味了——

「放開我——叫他們滾出來！都是你們！」

驀地，前頭竟然起了一陣騷動，芙拉蜜絲分神仰身往左邊轉去，視線再回來時，門縫中已經沒有任何東西了！

「咦？」

「走了！」法海從容的說著，「瞬間就逃了……到底是哪個礙事的！」

礙事的？芙拉蜜絲看著法海柔軟的金髮掠過她身邊，向右彎往前走去意圖一探究竟，她的左手被江雨晨扣得有點痛，而張開剛剛緊握的雙拳，才發現指甲嵌進掌心裡，她竟緊張到這個地步……

可是，為什麼法海連一絲恐懼都沒有呢？他剛剛究竟想做什麼？那個從門縫裡擠出來的泥狀物又是什麼？

還有，是不是在叫她的名字？

「芙拉，我們快點走好不好！」挽著她手臂的江雨晨仍舊背對校舍，全身抖個不停，「我好怕……」

「好好，這就走！」芙拉蜜絲邁開腳步，才發現自己腳竟然有點軟。

她下意識的，畏懼那扇門後的東西，不祥、邪惡感侵蝕著她，她該知道那是什麼的……

「人呢？小乾人呢！」一個女人在校園裡大吼著，「還有阿草他們！快點！」

「啊……」江雨晨遠遠地就看到被老師們攔住的女人了，「是王媽媽她們。」

噢，王宏一的母親，全世界都認識吧？她大概是最常出現在學校的母親之一，王宏一太常需要家長到場，問題是王媽媽每次來，都先聲奪人怪學校太過分！

「妳這什麼意思？到底關我家兒子什麼事，現在是妳兒子自己失蹤！」阿草媽氣急敗壞的指著王媽媽吼著，「天曉得他是不是真的跑去無界森林了！」

「少來！小乾都跟我說了！」王媽媽忿恨的甩開老師們的手，「昨天放學後，他們明明在一起！」

咦？這下子所有人都愣住了，連自治隊都沒忘記，阿草跟浩呆威說他們放學後只是跟趙伯買完冰就走了，並沒有跟王宏一他們待下去啊。

「那兩個學生呢？」堺真里立刻朝小隊員交代，「還有那個叫小乾的，他也沒有提及這一段。」

真是群奇怪的學生，難不成每一個筆錄都作假？

老師們也趕緊去找學生，畢竟剛剛出了事，才都把學生集中在大操場，要找人太容易了！

芙拉蜜絲跟江雨晨放慢腳步沿著校舍側邊走著，正在猶豫是不是應該要趁機從右邊潛回操場集合，但是這裡才是第一戰區，能看到所有發生的事啊……咦？她左顧右盼，法海怎麼不見了？

「奇怪，」身邊的江雨晨怯怯低語，「小乾是什麼時候跟王媽媽說的？我們不是還沒放學嗎？」

是啊，芙拉蜜絲也發覺到這點，特意打電話給王媽媽告狀嗎？這存的是什麼心？

「我不要！我不要去——」右手邊的通道傳來掙扎的驚呼聲，老師們架著阿草跟浩呆威往這邊來，「放開我！不關我的事——我什麼都不知道！」

「老師！我不要去！宏一他們怎麼了我真的不知道！」浩呆威驚恐的大叫，「小乾！小乾他說謊！」

『說謊！』

驀地怒吼從她背後傳來，芙拉蜜絲頓時直了背脊，剛剛那聲吼叫清晰得讓她無法忽略！

她回首，背後依然是校舍，只是在上方的玻璃窗裡，竟映了一個人的臉！

「啊……」她整個人都僵住了，雖然並不清楚，但是那裡真的就站著一個人，模糊的臉映在玻璃邊。

問題是，校舍裡不該有人啊！

「我沒跟王宏一在一起，我沒有！」浩呆威歇斯底里的聲音逼近，「放開我！我不要跟小乾講話！」

『叛徒！背叛者！』忿怒的聲音一清二楚，咚的一聲來人的額頭貼上玻璃！

整張臉都貼了上，芙拉蜜絲瞪圓了眼，她看見眼睛跟鼻子，但是、但是那並不像是平常人的臉啊！

因為，那張臉貼上玻璃時，瞬間糊成一片了……像一大片黏土一般擴散到整面玻璃，連那對眼珠子都跟著位移——『都……是……該死的人！』玻璃窗忽地開始微震，芙拉蜜絲不假思索的拽過江雨晨就朝浩呆威他們跑去！

「退後！退後——」她扯開嗓子高喊著，前頭的自治隊也驚愕的轉過來，「離窗戶越遠越——」

『背叛者——』怒吼聲咆哮傳來，剎那間，校舍所有的玻璃同時迸裂。

「呀——」

第四章

女人披頭散髮，跌跌撞撞的在黑夜中漫行，她走在泥土小徑上，兩旁都是高聳的松木，除了月光之外，一絲燈光也無，過去的她會害怕、會恐懼，但是現在的她……已經沒有什麼好擔心的了。

她記得懷胎十月的辛苦，更記得當時孩子是難產，她拚了老命才把孩子生下來，也因此再也不能生育……而丈夫早逝，所以宏一，是她唯一的寶貝。

「宏一……你在哪裡？不要讓媽媽擔心啊！」她哭著說，筆直的往前頭那片如高牆般的森林走去。

遠處那片森林如牆，每棵樹密不透光，不管白天黑夜，裡頭的樹都只有一種顏色：黑色；那是充滿邪氣的樹木，以屍體為養分，以邪法一夕之間生長起來的，森林裡是妖物的地盤，那兒妖氣沖天，什麼駭人的東西都有。

所以，一路上都有著警告標誌，一直到無界森林前五公尺，還有道圍籬，提醒著切勿跨越；走過去五步後便是一座吊橋，吊橋下有深淵，正中央便是結界的界線。

一旦越過，就等於是送死。

深淵原本是天然地形，而闇行使在這裡設置了橋與結界，非人之物幾乎無法通過，尤其是妖類或是惡魔，但是沒有不透風的牆，還是有許多惡鬼及妖獸，都能藉由附體或使計潛過結界。

女人站在圍籬前，看著警告標語冷笑一聲，毫不猶豫的推開門，走了過去。

走過去了耶！小男孩圓著一雙眼，就在女人身後二十公尺的距離，躲在樹後偷看著，真的超勇敢的！

他真好奇，女人敢越過吊橋中心那紅繩嗎？小男孩躡手躡腳的，悄悄潛在女人身後，小心翼翼的跟上。

越過界線的女人走在搖搖晃晃的吊橋上，沒走多遠，剛剛的勇氣立刻被眼前黑暗森林中亮出的無數雙眼睛嚇著，她發抖著止住步伐，看著在黑暗中發光的金色、紅色，甚至是藍色眼眸，均貪婪的朝她這邊望過來。

走，她應該要走的……女人開始後退，說不定回去時宏一就在了，她不該為此把自己的命葬送在這裡，她不想死在妖獸的嘴裡，萬一宏一還活著，她豈不是白白送死？

女人立刻旋身往圍籬邊跑，身後傳來野獸的低吼聲，但是誰都知道，那才不是一般野獸！

「媽媽……」

驀地，無助的叫聲響起，女人戛然止步。

「媽媽……」男孩哽咽的哭著，「救我！媽媽！」

女人愣然的回頭，看見的是滿臉淚痕，穿著破爛髒污制服，她的……寶貝兒子。

「宏一！」

芙拉蜜絲寫完作業，叼著筆桿雙手托著下巴，楞楞的看著眼前的書架，今晚起實行黃色警戒，明天開始學校停課，所有人禁止外出，自治隊仍然在搜尋可能存在鎮上的邪物。

蓋上作業，她起身來到窗邊，從木板縫隙間可以隱約看見外面透出的黃色光線，整個鎮上都亮著黃燈，代表著危險層級。

黃色警戒。

下午，在校舍的玻璃爆裂後，就已經確定了有非人存在於校內，真里大哥立刻發出警報，所有人即刻返家，阿草跟浩呆威兩個人簡直喜極而泣，老師一鬆手他們就飛快地逃了。

緊接著自治隊呈最高戒備，她也被江雨晨拉著返家，唯有王媽媽在那邊哭喊著王宏一的名字，不停問著：「宏一你在哪裡！」

自治隊動用了藍色封鎖線，繞在黃色封鎖線之外，藍色封鎖線是由具靈力的闇行使加持過，上面有可以傷害低等妖獸或魔物的咒語，但是她不懂，校舍建築裡也有啊，每隔一定距離都貼有咒文，但是還是有東西跑進來了不是？

「姊姊。」床上的小不點突然翻了身，睜亮一雙眼睛，「我好怕！」

芙拉蜜絲趕緊回身走回雙層床邊，輕輕拍著上層的弟弟，「沒事的，沒什麼好怕的，自治隊的大哥們會把怪物找出來殺掉的。」

「那是什麼？」下鋪的妹妹也問了，「我同學說是妖獸，會吃小朋友的。」

嗯……基本上那些低等邪物是不分小朋友大人通吃的，嗜血能讓他們力量更強大，殺生越多，就越難對付……而某個怪物今天一口氣就殺了三個女生。

「不管是什麼，自治隊會解決的，再不然，他們也會請闇行使來幫忙除魔！」如果鎮上有闇行使在，根本不必這麼麻煩。

高明的闇行使可以很快的察覺魔物入侵，然後火速的封印或殺掉牠，但是現在的人們依然保有「靈能者等於禍害」的心態，總認為五百年前的災難是闇行使起的頭，而且具有力量的他們說不定會跟魔物聯手……其中的確也不乏這種人，只是大家在意的，是五百年前的事會不會重演吧？

是否有哪個闇行使，又會成為天譴，毀滅人類。

她常常在想，如若不是現在的世界法則扭曲，邪惡魔物妖類聚集，闇行使說不定早已被屠殺殆盡……也是因為如此，他們才能安穩的活下來。

想利用闇行使，又將他們視為敵人，她一點都不想認同這種卑劣的想法。

「可是闇行使也好可怕。」弟弟童言童語，「媽媽都說不能接近他們，說不定會害人。」

「不要亂說，沒有闇行使，我們怎麼能平安呢？」芙拉蜜絲低聲說著，「你們想想，待在家裡就有保障，也是闇行使給我們的符咒啊！」

弟妹似懂非懂點點頭，但每次闇行使一來鎮上，家家戶戶都關上門，視之為洪水猛獸，不少人是被這樣教育的：闇行使跟一般人不一樣，他們可以殺死怪物、但也是怪物。

雖說爸媽沒有這麼強調這一點，但也再三交代，出去跟別人提到闇行使的事，絕對不要多嘴或是與人爭論。

她從小到大都想問為什麼。闇行使不過就只是比平常人多一點點的力量而已啊，是他們幫助所有人類在這種法則扭曲的世界下存活的啊！

她記得小學時坐隔壁的阿樹有很強的第六感，他總是偷偷告訴她，他可以猜到老師出什麼題目，可以知道不見的東西掉到哪兒去了，只是一種直覺而已；有一天，他突然大叫說有地震要大家遠離窗邊，被老師斥責不理，激動的大吼大叫，讓窗邊的同學都莫名其妙的起身遠離。

然後真的地震了，玻璃碎了一地，唯獨他們班沒有人受傷，阿樹說他感覺到地在震動，感覺玻璃會破，沒有原因，就是「感覺」而已。

可是沒有人感謝他，只把他當成可怕的人，自治隊開始介入，懷疑他具有第六感，連第六感都會被視為闇行使，這就和塔羅牌的書被放在禁書區是一樣的道理。

一個月後，她就沒有再看見阿樹了。

他可能被視為闇行使送走，因為這裡沒有人能接受跟闇行使同住在一起，阿樹的爸媽變得很低調，過一陣子彷彿自己根本沒生過阿樹這個兒子，慢慢的，這個名字就從同儕中消失了。

直到她在班上舉手問老師關於阿樹現在在哪裡的問題，全班倒抽一口氣、老師還把她送去輔導官那邊後，她就知道這個名字成了不該提起的禁忌。

她討厭這樣的大人，明明只能依靠闇行使，卻又如此歧視他們。

「快睡吧，沒事的，家會保護我們。」芙拉蜜絲溫柔的安撫年幼的弟弟妹妹，直到他們入睡。

房間另一角的雙層床是另一對已熟睡的妹妹，她們早已呼呼大睡，他們家有六個孩子，原本有兩個弟弟，但大弟在五年前被妖獸害死，所以就剩下他們五個。

家裡過得不錯，是因為幾乎都生女生，女性人口數少，異常珍貴，如果能生女孩子，都城都會有大筆的援助，爸爸的工作也接連高升，簡單來說這是個有女就富貴的年代。

所有的女孩子都以傳宗接代為任務，保證人類的綿延，多半都是被保護周到，因此不管是自治隊還是軍隊，都不會有女人，她們是不需要工作的性別……但是——她不要當那種女人。

她可以綿延後嗣，但是她也要對付威脅她生活的東西！

重新回到窗邊，今晚的她覺得很多事情都在改變，不僅僅是她對於校舍裡那邪物的存在，還有唯有她聽見詭異的聲音，問雨晨好幾次，她都說沒有聽見。

為什麼只有她聽見？芙拉蜜絲自己明白有什麼不尋常，但是她不能說……在這個社會中，和別人不一樣是很可憐的。

夜晚，是妖魔鬼怪、魍魎鬼魅出沒的最佳時間，聽說月光能給他們強大的力量，雖然他們都能在白天出門，可是日光能傷害他們，所以他們只能躲在樹下、陰涼處，避開風險。

她每次都覺得，如果真的要抓到這些害人不淺的怪物，就不應該白天抓啊！不趁著晚上他們活躍時行動，要等到什麼時候？

她又接近了窗子一點，不由得皺起眉，今晚的空氣有奇怪的味道，正從窗縫透進來，即使在屋內家家戶戶都會再加上一塊咒文木板鎖死，但擋不住氣味，一整晚她都覺得噁心，可是爸媽他們都沒反應，也害得她不敢說……怎麼說呢？

是東西腐爛的味道。

牆上的紅燈突然閃爍，芙拉蜜絲趕緊伸手將電話拿起來，無聲裝置，避免吵到熟睡的弟妹們。

「喂？雨晨嗎？」通常這時間會打給她的只有江雨晨。

電話那頭沒有聲音，芙拉蜜絲覺得怪異，再將話筒貼緊自己的耳朵，「喂？是誰？」

『沙沙……』有些雜音從另一端傳出，緊接著是水聲，『嘩……嘩啦嘩啦……』

「哪個無聊的在惡作劇？」芙拉蜜絲沒好氣的說著，背靠上牆，「不要讓我抓到是誰，否則我一定揍你一頓！」

『嗚……嗚……』女孩的哭聲登時傳來，啜泣不止！

芙拉蜜絲頓時直了腰桿，怎麼在哭呢？「是雨晨嗎？發生了什麼事了？為什麼在哭，喂！妳說話啊！」

電話那頭只是哭，一個字都沒吭，芙拉蜜絲聽了只有心煩，她本來就是個耐性極低的人，這樣的沉悶更是讓她焦躁不安！

「江雨晨！說一兩個字也好啊！」她低吼著，焦急的纏著電話線轉著圈，「妳怎麼不說話，我——」

喀——嘟嘟嘟嘟……電話突然掛掉，芙拉蜜絲愣在原地，聽著嘟嘟嘟的聲音迴響著，腦袋一片空白。

她得去雨晨家一趟！芙拉蜜絲不假思索的衝到衣櫃，她要帶十字弓跟長鞭以防身，還有護身符跟咒文都要準備，雨晨家很近，跑步只要兩分鐘就到了，不會有事的！

……雖然，她現在有點懷疑，那哭聲是雨晨的嗎？

管他！咬著唇一骨碌拉開衣櫃門，卻赫然對上一個女孩的臉——衣櫃門內側的鏡子裡，站著另一個女孩。

芙拉蜜絲嚇得來不及尖叫，只看見鏡裡那個渾身都在滴血的女生，穿著他們學校的衣服，紅色的頭髮濕漉漉的，打橫的左手指向窗戶方向。

紅髮？……「伊兒莎？」芙拉蜜絲直覺性的，喚出名字。

女孩緩緩抬起頭，芙拉蜜絲其實並不是很想看，她聽過伊兒莎的死法，只有頭掛在水管上面，所以……她映在身後的左手腕轉動著，把佛珠往下壓在掌心，在完全抬起頭之前，冷不防的把佛珠往鏡上敲去

『呀——』慘叫聲驀地傳來，在她的佛珠敲上鏡子前，伊兒莎咻地往她的左手邊飛掠而去，芙拉蜜絲下意識的跟著轉過頭，看見的是緊封的木條窗突然喀啦的震顫兩下。

但是，其他的窗子都沒有聲響，所以……剛剛那不是風。

重新回神正視眼前的穿衣鏡，裡面映著的是她的身影，並不是什麼渾身滴血的女孩，紅色的頭髮，血跟瀑布一樣的流……但那身高身形，她都覺得是伊兒莎。

指向窗外是什麼意思？難道剛剛在電話裡哭的人是她嗎？

唰……掛得妥當的衣服忽然掉了下來，又嚇她一大跳，她掩嘴止住尖叫卻沒止住低咒，看著衣服掉出衣櫃，忍不住一怔，那是她剛剛原本想帶出去的外衣。

再度看向窗戶，雙眼閃爍光芒。

她懂了！芙拉蜜絲劃上微笑，隨手抓起外套，躡手躡腳的到自己的床鋪旁，將床墊上推，下頭是她的武器箱，俐落的取走十字弓跟長鞭。

出去吧！伊兒莎，妳是這麼說的對吧！

芙拉蜜絲完完全全不敢想像被發現夜晚溜出來的話，究竟會發生什麼事，但是現在的芙拉蜜絲卻覺得熱血沸騰，這是她第一次在天黑後離開家！

天哪……空無一人的街道，靜謐得令人難以想像，由於每家窗子內側都還用寫滿咒文的木板封住，根本也沒人會看到她在外頭閒晃，每五公尺就鑲在牆邊的黃燈有些刺眼，彷彿在警醒著她現在是黃色警戒，妳怎麼跑出來了？

可是，她現在簡直興奮的想要尖叫！她出來了！她在夜色中走在路上，甚至奔跑著！唷呵！

芙拉蜜絲緊握著十字弓，幾乎忘記出來的目的，她開始在路上奔跑，原來晚上氣溫下降許多，原來黑夜如此神秘，原來……她仰首望天，真正的星星看起來是那麼漂亮！

堆滿著笑容，她開心的張開雙臂，做了一個深呼吸，卻突然一愣……好臭！她正首斂笑，旋了一百八十度向後，空氣中有腐敗的味道，隨著晚風送來。

夏季夜晚的風依然帶著微熱，芙拉蜜絲堅定的朝著味道的來源方向走去，這種腐臭味她一輩子忘不了，她的大弟被發現時就是掛在樹梢上，兩根粗大的樹枝穿過他的身體，無力的雙手垂著，全身體液被吸乾，剩下皮包骨的吊掛在那兒，被發現時外皮已經腐爛生蛆。

她站在樹下，根本認不得那曾是跟她一起練格鬥的大弟，她只知道他死得很慘很痛苦，被妖獸玩弄虐待，妖獸從背部開個小洞，用直徑五公分的管子緩緩的從體內吸出所有體液、內臟，那種椎心刺骨的疼痛折磨著大弟，直到妖獸願意讓他死亡為止。

妖類都喜歡玩弄人類，妖獸喜歡虐待折磨，高階妖魔類的則是喜歡操控……不管哪一種，最後都難逃一死。

不過因為有闇行使的結界與封印之故，其實妖類、魔類沒那麼多，比較可怕的還是鬼獸……那是地獄惡鬼與人的結合，殘忍粗暴、嗜血，為了強大！

芙拉蜜絲緩下腳步，眼前就是學校大門，循著味道過來，果然離不開學校……那個東西還在學校裡嗎？她就這樣堂而皇之的走進去？握緊手中的十字弓，她正遲疑著，眼尾卻突然瞥見一閃而逝的影子。

「什麼人！」她厲聲一喝，竟拔腿就追上前，把剛剛的猶豫拋諸腦後，那影子是從圍牆邊轉彎閃去，芙拉蜜絲大膽的衝過去時，並沒有看到人影。

她擰眉，十字弓舉起，不知道為什麼該是緊繃的氣氛，她卻覺得這裡其實沒有什麼危險，剛剛那個掠過的影子也不需恐懼，因為腐敗味不在這裡，而且她並沒有毛骨悚然的感覺。

但是，筆直的前方，竟在夜色中籠罩著深黑色的霧氣，黑氣簡直沖天，連星辰都瞧不見。

那是……後山！學校的後門方向！啊！芙拉蜜絲突然想起來，王宏一那票一向喜歡到後山那邊的空地閒晃，那邊有許多大樹有涼蔭，他們總是在放學後霸佔那兒聊天胡鬧，還讓其他也想到那邊休息的學生不敢接近，因為誰靠近了，就會被王宏一收取乘涼費，久而久之，幾乎成了他們的專屬區域。

雖然自治隊一定搜過那邊了，但是她還是要去看一下，因為現在那邊有東西正在腐敗，還有黑霧……跟今天在學校裡看的一模一樣！

學校的圍牆上也有咒文，所以芙拉蜜絲盡可能沿著牆走，萬一不行至少還能利用牆的屏障……雖然她覺得這是自我安慰，畢竟已經有東西直接侵入學校了，屏障也不是萬能的。

味道隨腳步的逼近越來越濃烈就算了，她竟也隱約聽見了聲音？有人在說話？窸窸窣窣的像是在碎語般。

終於繞到了後門外的小公園，這裡沒有路燈，漆黑得伸手不見五指，芙拉蜜絲從腰帶解下手電筒探照，黑暗總是能帶來不安，尤其是在這種荒蕪的空地、樹林……

她的掌心在冒汗，燈光在幾棵大樹下晃著，再往左手邊的小徑來回掃去，精神沒有一刻鬆懈，因為她確定這裡有問題，味道已經噁心到她屏住呼吸了——接著她移動有些沉重的雙腳，往右前方的大樹下走去。

黑暗中的樹看起來格外可怕，每一棵都像無界森林裡的黑樹般，她因腐臭味而緊皺眉頭，光線在樹梢、樹幹上來回照著，最終光線停在腳邊，她在錯綜複雜的樹根間，看見了發光的物品。

蹲下身，她用十字弓的尖端將土壤刨開，發現那是一支手錶，錶面有龜裂的痕跡……芙拉蜜絲將錶給拿起來，方形的綠色格紋錶，這是小乾的手錶啊，他超寶貝的，但阿草他們就愛鬧他，明明對那支錶沒興趣，卻偏愛搶。

不僅錶面裂開，連錶鍊的部分都被扯斷，上面還有乾涸的血跡。

自治隊只是來這裡搜尋，不可能仔細檢查，只是錶上如果有血，警犬怎麼沒有聞到呢？芙拉蜜絲拿錶端詳著，這是意外？還是巧合？她得想想今天來上學的小乾手上有沒有錶……至少確定昨天是有的，因此這錶是在昨天與今天之間——

「芙拉。」冷不防的，身後傳來小乾的叫聲。

「哇呀！」芙拉蜜絲整個人尖叫著跳轉過身，十字弓已擎起，手電筒同時架在弓上，對著站在她身後的少年。「……小、小乾？」

僅僅一公尺的距離，小乾就站在她面前，身上還穿著乾淨的制服，帶著微笑看向她。

「妳怎麼在這裡？」小乾很瘦小，才一百五十公分，以十五歲男生來說又瘦又小，看起來很脆弱，也才會被欺負。「夜晚跑出來很危險的耶！」

「你也是啊。」芙拉蜜絲雙眼凌厲的瞪著小乾，絲毫沒有鬆懈，食指扣在扳機上，「你膽子這麼小，居然也敢溜出來？不怕遇到妖獸？」

小乾竟然淺笑起來，瞇起的雙眼笑彎了，「沒辦法，他們在叫我……」

「他們？」芙拉蜜絲緊皺起眉，小乾太奇怪了，動不動就怕死的膽小鬼，竟然這麼從容的站在黑暗中，而且他到現在還穿著制服？

只見小乾微微側身，芙拉蜜絲手電筒的光線從他身上移到了他的身後，照亮了十一點鐘方向的小徑，剛剛空無一人的小徑上現在卻坐著兩個也穿著制服的男生，他們正拿著冰，往她這邊望過來。

『噢！是芙拉耶！』說話的居然是在失蹤人口之列的小兵，『真是難得要不要吃冰？』

『敢來這邊的也只有芙拉了吧！』另一個是同樣失蹤的大頭，他眉開眼笑的朝著芙拉蜜絲招手，『快點過來吧！趙伯也在呢！』

趙伯？芙拉蜜絲瞪圓了眼，突然聽見了清脆響亮的叭——噗，喀啦喀噠喀噠，熟悉的車輪刮地聲傳來，在一點鐘方向的黑暗深處，突然緩緩的出現了攤車，趙伯騎著冰攤腳踏車，一如往常。

『綿綿冰——泡泡冰唷！』宏亮的聲音在夜裡迴盪著，『芙拉蜜絲？有妳愛吃的水果口味喔！』

芙拉蜜絲忍著反胃，令人難忍的臭味撲鼻，站在她斜前方的小乾只是無奈的笑笑，聳聳肩頭，「他們都在這裡呢，我要來陪他們。」

「你被鬼獸吃了嗎？」芙拉蜜絲不知道該瞄準哪一個。

只見小乾劃滿了微笑，搖了搖頭，「猜、錯、了——」

下一秒，他竟張大了滿是尖牙的嘴，朝著芙拉蜜絲的頭就要咬下——芙拉蜜絲卻扣不下扳機，她使勁的將十字弓朝撲來的小乾頭部打去，砰的一聲小乾立刻朝左方滾去。

「我一七八的身高你是要怎麼咬我的頭啊，也不先掂掂自己的斤兩！」芙拉蜜絲有點無奈的說著，小乾踮起腳尖都咬不到吧拜託！

接著前方傳來動靜，小兵跟大頭都站起身，很詫異的望著她，『芙拉？妳在做什麼，為什麼打小乾？』

「不許過來！」她大喝著，眼尾還得分心注意正在哭的小乾，裝模作樣！剛剛那種樣子應該哭的是她吧？

『……芙拉，妳這樣不行喔！』小兵他們竟走了過來，這逼得她只能後退，『小乾是我們兄弟，要打也只有我們可以打。』

「妖獸還是鬼獸？」除了趙伯外，小兵跟大頭都逼向前來，「你們到底被什麼殺了！」伴隨著她的吼聲，大頭忽然一顫，一臉震驚的模樣，彷彿她剛剛問了一個了不得的問題！

『殺……』大頭喃喃說著，低頭望著自己手上的綿綿冰，芙拉蜜絲的手電筒微微下移，才看清楚他手上的綿綿冰哪是草莓口味……那根本是大腦口味啊！

鮮紅色的腦塞在杯子裡，還只有一小塊的腦部組織向著她，她才勉強看出來，因為其他部分根本就攪成一團，上頭還插了根湯匙，完全就是綿綿冰的模樣！

她想吐！芙拉蜜絲還是逼自己鎮定，看著大頭困惑不已的轉向了身邊的小兵，『對啊，我……被誰殺了？』

他一側首，芙拉蜜絲就看見了——大頭只剩臉部，他的後腦勺整個都不見了！頭髮與血都黏在某個骨頭上，看起來是被敲擊的痕跡，所有骨頭都陷進了顱內，可是側面看過去，就是只剩下五官而已！

『不知道……』小兵也驚愕般的望著大頭，他的眼睛、鼻子、嘴巴開始流出黑色的液體，『咦？我為什麼……』

他們都已經死了嗎？看這種狀況八九不離十，失蹤的小兵跟大頭不但已逝，而且死狀甚慘，可是為什麼靈魂還在這裡徘徊，手裡拿著裝盛自己屍塊的冰，他們是在這裡被殺的？

她聽闇行使說過，人有三魂，主魂、生魂與覺魂，死亡時主魂會離開，但還有兩個魂會隨著屍骨留下……就是這樣的狀況嗎？所以他們的屍骨有一部分存在於此。

如果是這樣，那她擔心萬一他們被惡鬼吃掉，就會結合成很可怕的東西：鬼獸。

「退後！」芙拉蜜絲再把十字弓舉高一點，她的十字弓也是加持過的，應該有用，「別逼我傷害你們。」

『芙拉？是妳嗎？』大頭絲毫不聽，步步逼近，『我為什麼在這裡？我為什麼變成這個樣子！』

『我想回家！』小兵冷不防的就直接衝過來，『我想回家啊啊啊——』

不要逼她！芙拉蜜絲閉上雙眼，但扳機還是扣了下去，弓箭咻的射穿小兵的喉嚨，他愣了兩秒，弓箭旋即起火燃燒。

『哇啊！哇——』小兵整顆頭都燒了起來，『好燙好燙，為什麼為什麼！』

『芙拉蜜絲！』大頭咆哮著，他比芙拉蜜絲高出許多，直撲而來，距離太短，讓她來不及再射出下一箭。

與此同時，一旁小乾瞬而撲來，他竟然將她撲上某棵樹！

「哇呀——做什麼！」芙拉蜜絲背部猛力撞上樹，頭昏眼花，手電筒掉落在地，光線剛好照著的是越燒越旺的小兵。

濃厚的腐臭味就在鼻息之前，藉著餘光芙拉蜜絲可以看見大頭駭人的臉逼近在眼前，雙手竟也箝著她的雙臂，此時此刻的大頭已經面目全非，鮮血淋漓，他的頭……已經不像是頭了！

而她的下半身，被小乾圈住了！

逃——她一定要逃！不走的話她會被殺掉的！

佛珠呢……她再度動著手指，捏住手腕佛珠上的觀音垂墜，就算她現在不能動，至少可以先對付小乾吧！

「吼啊啊啊啊———」芙拉蜜絲突然中氣十足的大喝起來，下一秒，一記頭槌就往眼前被砸爛的頭顱再敲上一記！

咚——鮮血噴濺，芙拉蜜絲同時使盡力氣扭動身子，將手上的觀音往就近的小乾身上貼去——小乾驚恐的鬆手，芙拉蜜絲就順勢將佛珠取下，狠狠朝大頭破爛的頭上再補上一記！

『啊啊——』大頭驚恐的後退，踉蹌的跟小兵撞在一起，眨眼間就跟著共燃了。

芙拉蜜絲不敢遲疑，彎身抄起十字弓，才要瞄準小乾，卻發現竟然失去他的蹤影？手電筒來回照著，就是看不到小乾，旁邊的火越燒越大，倒也省了她不少事，幾乎照亮了整個地方。

她趕緊用嘴將纏繞在右手的長鍊分開，那上頭是細小的水晶念珠，這種東西人人手上都有一條，甚至有人戴兩三條的，不夠的話脖子上還有……芙拉蜜絲焦急的握住長念珠，手重新回到扳機上，眼下除了燃燒中的同學外，什麼也沒有。

那為什麼她背脊發涼，雞皮疙瘩都站起來了呢？小乾呢？剛剛那觀音這麼容易就傷到他了嗎？想不到觀音這麼強！帥！

電光石火間，忽然有東西從後頭咻咻而至，芙拉蜜絲只聽見聲音，直覺的立刻往前想要奔離，但軟黏的東西倏忽而至，從後面瞬間纏上她的頸子，將她狠狠地再往樹幹拉回，導致她再度重摔上樹！

「啊……」她的頸子被什麼東西勒住了，芙拉蜜絲伸手往頸子摸去，發現那是一條黏不溜丟的東西，摸起來像……像舌頭？

纏了她頸子兩圈以上，她連本體都不知道在哪裡，只顧著把手上的念珠往那黏膩的東西上抓，但是頸間的力道卻絲毫沒有鬆開的跡象——這妖物不怕念珠的力量？

「嘿嘿……」一聲音從右邊耳畔傳來，「芙拉，感覺怎麼樣？會痛嗎？」

廢、廢話！這是問什麼鬼話啊！芙拉蜜絲緊皺著眉，她不能呼吸了，頸子好痛，天……

「掌控人生死的感覺其實真的很好，比總是被人掌控棒多了，妳應該也試試看的。」小乾的聲音咯咯笑了起來，「噢，真抱歉，妳應該是沒什麼機會了……怎麼會有傻子晚上出來呢？妳不知道，黑夜之下，是我們的天地嗎？」

才不是！為什麼人類只能在白天活動！她不能死在這裡，她絕對不要——芙拉蜜絲拚著最後一口氣，再度舉起掛著念珠的掌心，盡全力的抓住勒住她頸子的東西

「哇啊——」這一次驚人的慘叫聲響起，緊接著的是頸子的束縛鬆開，「唔啊——這是什麼東西！普通的法器不該能傷我的！」

聽你在廢話，現在不是已經被傷到了？芙拉蜜絲整個人往前跌趴上地，大口大口的喘著氣，她覺得氣管好像已經扁到只剩幾釐米似的，要吸口氣都如登天般困難。

「混帳……」芙拉蜜絲強忍著全身的顫抖，抓起十字弓就衝往樹幹後去，「看我不解決你，我就不叫芙拉蜜絲．艾爾頓！」

伴隨著怒吼，她一轉到大樹後就對準了那身影打算一箭射穿他的頭，但是……但是為什麼那個瘦弱的影子在發抖？小乾蜷縮成一團蹲在地上，不停抖著，雙手摀著耳朵，哭得泣不成聲。

「不是我不是我……」他嗚咽哭著，「救我！誰來救我……」

殺！他不是小乾了！他一定被妖物邪怪附了身，應該要趁他受傷的時機，一舉殺掉他才對！殺！快點殺掉他！

芙拉蜜絲在心裡如此吶喊，但是食指就是扣不下去，她沒辦法忽略那看起來脆弱的小乾，腦子裡響起另一個聲音：如果他還有救怎麼辦？

聽說，這也只是聽說，有的人即使被附身，卻也還有機會救回來……但是那是只有闇行使才做得到的事情；多半當有人被妖物入侵，都是一起殲滅的！

「芙拉……芙拉！」小乾竟仰頭看向了她，他就是平常那個小個子啊，哭得淚流滿面，嚇得雙唇顫抖，「救我！芙拉！」

救什麼啊！芙拉蜜絲望著這樣的小乾，她竟然傻了！

這麼長久以來的鍛鍊與訓練，為的不就是能親手斬殺這些怪物嗎？可為什麼、為什麼現在她眼前就有一個活生生的例子，她的食指卻僵硬得動也動不了呢！

『是妳殺了我嗎——』驀地手邊一團火光撲來，芙拉蜜絲根本反應不及，才轉過頭就看到大頭被火焚的身影撲了過來！

「活該。」小乾的聲音笑著傳來。

芙拉蜜絲下意識伸手去擋，她還不知道對付邪物的火對她有沒有影響，但至少她知道大頭對她會有影響——對不起，爸爸媽媽，她真的不該晚上隻身出來的，遇上了邪物是她不該，如果有來生，她希望能做男孩子，可以——

一陣風倏地掠過，有人直接扣住她的肩頭往後扯，在她已經做好最壞的打算時……她摔了個狗吃屎！

「哎哎……」屁股咚的著地已經夠痛了，還因為反作用力她竟然再翻了半圈，整張臉直接趴在土裡，吃了一嘴的土！「呸呸呸呸……」

她不敢鬆懈的立刻抬起頭，看到的卻是不可思議的人。

燃燒的小兵跟大頭已經消失，該在樹下的小乾也杳無蹤影，昏黑的林間只剩下她落在地上手電筒的餘光；來人拾起了滾地的手電筒，刺眼的光朝她臉上直射而來，她嫌惡的別開眼神，根本睜不開。

「幹！」她邊說，土又跑進嘴裡，「呸呸呸！」

來人走到她的面前，即使在黑夜裡，今晚的月光依然皎潔的照亮他那頭金色的捲髮。

「芙拉蜜絲小姐，」他搖了搖頭，「我聽說晚上不宜出門對吧？」

芙拉蜜絲愕然的瞪圓雙眼，法海！

第五章

學校連續停課了三天，藍色的封鎖線沒有撤過，自治隊找不到作祟的主因，而那殺掉四個女孩子的「東西」卻也三天風平浪靜，毫無聲息。

學校還是不敢貿然讓大家進校舍上課，但也不能一直停課，因此便研議到操場上課，搭上棚子以遮去強烈陽光，而且體能訓練課不能中斷，到了第三天，大家幾乎都主動回到操場上去訓練。

妖獸不會給人喘息的機會，每個人都要有基本的反應與攻擊能力，所以不可一日懈怠。

不過，對於芙拉蜜絲來說，她覺得一旦真的面對妖獸，平常的鍛鍊根本就不足，牠們在看不見的地方出手，她連反抗都來不及就面臨了被勒死的困境，那種力道，根本不是人類可以比擬的。

若不是身上有護身，她只怕早已死在那兒……也可能像小兵跟大頭他們一樣，連屍身都不存在，成為失蹤人口，徒留覺魂徘徊。

「芙拉！」呼喚聲由後傳來，江雨晨小跑步奔來，一把勾過她的手。「妳要去哪裡？」

「我要去學校。」她回得理所當然。

「學校？」江雨晨哦了一聲，壓低聲音，「妳又要偷偷跑去鍛鍊喔！」

「嗯。」芙拉蜜絲敷衍的笑著，「不加緊訓練不行，我們平常那種鍛鍊根本不足以……」

「不足以？」江雨晨狐疑的蹙眉，誰讓芙拉臉色好難看？

「沒事，我只是想要更強而已。」她勉強擠出笑容，「妳們呢？這幾天在忙什麼？」

「還不是忙著做一些醃菜，最近大家都在家裡製作，趁機備點糧食，就怕警戒會越來越嚴重。」江雨晨聳了聳肩，「不過我也有偷偷在練喔！」

她眨了眨眼，因為芙拉的關係，她也跟著偷偷找了個武器練習，因為芙拉說得沒錯，正因為女人珍貴，總不能老是期待別人保護，未來的男人說不定就是自己的摯愛，難道讓摯愛因保護自己而死會快樂嗎？

女人，還是要保護自己才對，再深一層想，若是未來有了孩子，更要有保護孩子的能力。

「要不要跟我去學校練練？」專門場地，練起來才過癮。

江雨晨看了看錶，現在的確有空檔，點點頭跟芙拉蜜絲一塊走，只是還沒走幾步，就被吵架聲吸引過去，這幾天邪物安靜得很，但人可不安靜，至少王宏一的媽媽都沒給大家好日子過。

「叫阿草他們出來，我要他給我說個明白！」王媽媽就站在阿草家門口喊著，「那天到底發生了什麼事！」

「關我家阿草什麼事？我知道宏一失蹤妳很難過，但不能就這樣找我家阿草麻煩啊！」

阿草媽媽也不甘示弱，「自治隊會找到他的！」

「那天事情才沒這麼簡單，要不然阿草跟浩呆威也不必都躲起來，小乾都跟我說了……那天下午出了事！」王媽媽深信不疑，這幾天一直到處找人哭訴。

「小乾」不知道跟王媽媽說了什麼，讓她堅信王宏一失蹤那天下午大家都是在一起的，而非阿草他們所說的先行離去，而且那天下午發生了一件「大事」，這件事就是造成王宏一、小兵跟大頭失蹤的主因。

至於為什麼失蹤，就小乾言下之意，阿草他們才知道！

芙拉蜜絲拉著江雨晨站在不遠處看著一切，她覺得王媽媽所言都不需要擔心，真正要擔心的是那個小乾，到底是有東西化成小乾的樣子，還是那個小乾早就不是人類？可是……若真是如此，他怎麼能回家呢？

前天晚上的攻擊她難以忘懷，她已經知道小兵跟大頭早死於非命，屍骨就在後門那空地附近……可是，她不敢去報案，因為一旦說了，就會被問及原由，然後就會被知道她入夜後溜出來的事。

緊握雙拳，她好想跟真里大哥說，但是、但是她要怎麼解釋？又要怎麼解釋她能活下來？

她答應過法海，絕口不提到他的！

「講白一點我家阿草一點都不想跟你們扯上關係，他早跟我說不想跟王宏一在一起，都妳家阿一直逼他做壞事，幸好阿草那天先離開，不管出什麼事，都跟我家阿草沒關！」

「對！妳不要老是把宏一失蹤的事怪到我們孩子頭上，明明最惡劣的就是他！他一定是自己跑去無界森林了，先管管自己的孩子！」浩呆威的家長也被王媽媽煩到發火了。

「宏一才不惡劣！他是個好孩子！不許你們這麼說我兒子！」王媽媽氣急敗壞的指著阿草他們爸媽吼著，「根本都是你們，他是跟你們孩子做朋友才會變的，他以前最乖了！」

「乖？」後面走來的是小兵的父母，「他每次都威脅我家小兵，還敢說乖？這話妳說得出來？」

「真是太誇張了，我家大頭這麼大一個人，也說怕他，這邊多少人的孩子被妳家宏一打過？勒索威脅的？」大頭的媽聞風而至，同樣也是失蹤孩子的雙親，大家倒是有志一同把錯歸在王宏一身上。「要不是看在妳老公是自治隊殉職的，大家有必要這樣讓嗎？」

「為什麼不說是妳家大頭最會打架？說不定我家宏一還是怕他的咧！」王媽媽怒不可遏，「你們這些人，根本就是聯手起來欺負我孤兒寡母！」

眾人頓時你一言我一語的吵了起來，江雨晨緊皺著眉看著這一切，她討厭爭執與吵架，總是會讓她不舒服，難受到想哭，而最讓她受不了的，是這種爭吵是不會有結果的。

每個母親都疼愛自己的孩子，無論孩子有什麼錯都會袒護，就像王宏一……多少人都知道他超惡霸，連王媽媽也知情，但她卻總是認為孩子跟同學間的打鬧只是玩玩，至於勒索，當他是看自己獨立支撐家計，所以才想拿錢為她分擔，這是孝順。

芙拉蜜絲在學校保護過很多瘦小的同學免受王宏一的欺凌，自然跟他也常對嗆，只不過每次王宏一都拿她是女生做藉口，什麼「好男不跟女鬥」；哼，她才不信真的對幹起來，她會輸他！

當然這跟王媽媽的溺愛有絕對關係，王宏一的父親是自治隊的英雄，曾力抗妖獸而殉職，同時也解決了那隻妖獸，鎮上視之為英雄，才對王宏一多有忍讓。

而王媽媽就王宏一一個兒子，不寵他寵誰？只不過無視他惡劣的行徑還說是阿草他們帶壞他，這件事就太誇張了！

芙拉蜜絲往前兩步，江雨晨趕忙拉住她，「芙拉，妳要幹嘛？」

「妳不覺得王媽媽太扯嗎？她把兒子教成那樣，現在還敢在這邊叫囂？」芙拉蜜絲緊皺著眉，「還敢說是其他人教壞王宏一？我應該去告訴她，她兒子幹過什麼事吧！」

「別了啦！」江雨晨搖著頭，「王媽媽也是救子心切啊，大家現在情緒都不穩，妳看小兵他媽媽也是，大家會這麼激動都是因為孩子失蹤的關係。」

失蹤？芙拉蜜絲痛苦地闔上眼，小兵跟大頭已經不在了。

「情緒失控不能成為理由，事情還是有是非的。」芙拉蜜絲深吸了一口氣，「我現在可以不講，但有機會我還是會去跟王媽媽講清楚，她兒子該道的歉才多咧！」

沒看見圍觀群眾中有多少父母跟學生，眼神裡都透露忿忿不平的怒意嗎？上次王宏一把某個一年級的推下樓梯，害得一年級生小腿骨折，他竟然連醫院都沒去，還是王媽媽去道歉的。

王媽媽道歉的態度非常差勁，笑著說孩子們打鬧不必這麼認真，還對一年級的學弟說如果不會打架就不要跟宏一玩，別讓自己嬌貴的身子受傷，又趁機怪到王宏一身上。

新生什麼都沒說，只是哭著發抖，因為他早就被威脅了，要是敢造次，回學校後就有得他瞧。

「以後再說吧！」江雨晨明白芙拉討厭王宏一，但是現在去刺激家長們實在不好。

就在一片爭執聲中，阿草默默的從門外走出，瞧他的模樣就是要去學校，只是他才一閃出來，就被眼尖的王媽媽看見，二話不說上前竟拉住了他。

「你想去哪裡！把話說清楚！」王媽媽粗暴的扯著阿草的衣領，他痛苦的瞪著地，完全不想看她。「你把我兒子怎麼了！發生什麼事了！」

「放手……放開我！」阿草扯著自己的衣領，急著想要掙脫她，「走開啊！」

緊接著，一個身影撥開圍觀吵雜的人群從後面而來，一把扣住王媽媽的手使勁拉開，讓王媽媽不支的踉蹌，阿草也差點往前仆倒，是那人影拉住他。

「幹什麼……你這渾小子！」王媽媽一見到是浩呆威，怒急攻心，「居然敢推我！你們這兩個沒教養的孩子！」

「妳不要找阿草麻煩啦！」浩呆威回身就衝著王媽媽大吼，「妳不要什麼都怪我們，明明都是王宏一——都是他！」

眼看著答案呼之欲出，阿草卻激動的回身扣住浩呆威，完全就是制止他說話的模樣，他扣住浩呆威腋下直直往後拖。

「走！快走啊！」阿草低吼著。

「不許走，你們兩個誰都不許走！你們把我兒子怎麼了！」王媽媽瘋也似的撲上前，「我就這麼一個乖兒子，你們到底怎麼欺負他的！」

欺負他？阿草簡直都傻了，到底是誰欺負誰啊！

王媽媽往前拉著浩呆威要他們給個交代，阿草他們的父母立刻過來幫兒子解圍，現場立刻又吵了起來，簡直像是暴動。

然後，芙拉蜜絲打了個寒顫。

她突然發冷，往手臂上看去，雞皮疙瘩全站起來了，怎麼會有這種不安的感覺？環顧四周，隱約的彷彿聽到某種聲音，隱藏在眼前的爭執聲中。

那是笑聲。

不對！芙拉蜜絲倏地放下雙手，江雨晨錯愕地來不及拉住，就看著她火速的往前疾行，而且俐落的介入王媽媽跟浩呆威之間，輕而易舉的就分開了他們！

「夠了！」她打橫雙臂，將兩派人馬分開，「不要吵沒意義的事！」

所有人錯愕的看著她，現場頓時靜了下來。

「王宏一是個爛咖大家都知道，他是妳兒子妳護著他理所當然，但是沒有誰被誰帶壞這種事，這邊的人只有誰被他欺負的份而已！」芙拉蜜絲毫不掩飾的對王媽媽說著，又轉過去

看向浩呆威，「你們兩個也不要裝可憐，你們都是一夥的，根本為虎作倀，一樣有問題！」

「芙拉蜜絲，現在是關妳什麼事？」王媽媽橫眉豎目，「我們孩子失蹤了，關鍵在他們身上，他們還對自治隊說謊……」

「對啊！有線索卻不說，叫我家小兵怎麼辦？」小兵的阿嬤哭喊著，小兵是阿嬤養大的。

芙拉蜜絲幾次差點說出小兵已經死的事實，但是她還是把話吞了進去，回身推著浩呆威他們兩個往學校的方向去，「我們現在要去學校了，不要妨礙我們鍛鍊！」

她朝浩呆威使著眼色，兩個男孩立刻領會，急速的回身就往學校跑去。

「站住！喂！」王媽媽怒不可遏的想往前追，芙拉蜜絲一回身就抵住她的肩頭，使勁往後一推，「哇——」

這一推，把王媽媽往地上推去，摔了個四腳朝天。

「我們的分裂只會讓敵人得意而已，大家適可而止吧。」芙拉蜜絲淡淡的瞥了王媽媽一眼，「浩呆威他們我來問，不要再咄咄逼人了。」

「……芙拉蜜絲？」王媽媽坐在地上，簡直不敢相信這孩子推她！？

人群最後方的女人悄悄的別開眼神，趕緊溜之大吉，她這烈火性子的女兒，又要惹事了，唉唉唉！

芙拉蜜絲扭頭就閃人，江雨晨也是唉呀的嘆息，芙拉每次都忍不住，她可以猜得到，不出一小時，王媽媽一定會到芙拉家去抱怨了！

「妳喔，回去伯母會氣死！」江雨晨拉過芙拉蜜絲邊跑邊唸著，「誰曉得王媽媽會不會對妳媽怎樣！」

「還好啦，我媽才不怕！」芙拉蜜絲聳了聳肩，「而且剛剛是她太過分了！」

前頭的浩呆威跟阿草在遠離街道後也緩下腳步，回頭尷尬的看了芙拉蜜絲，「芙拉，謝謝妳喔！」

「謝個頭！我才不是為你們呢！我只是覺得這樣吵下去一點都不好……」芙拉蜜絲沒好氣的瞪著他們，「你們跟王宏一半斤八兩，都是專門以大欺小的混帳！」

阿草跟浩呆威扁了扁嘴，芙拉跟他們一向不對盤，三番兩次阻止他們勒索，在外面大吵的次數也不少，本來就不是一路的，要不是……王宏一喜歡芙拉，就算她是女的他們也照打。

「反正謝謝了。」阿草隨口說著，跟浩呆威使了眼色就想先走。

「站住。」芙拉蜜絲哪可能這麼輕易放過他們，「小兵跟大頭死了對吧？」

咦？連拐彎都懶，她開門見山的說了，反倒叫阿草他們詫異的回首，兩個人臉色再度變得鐵青。

一旁的江雨晨呆住，小兵他們死了？問題是，芙拉為什麼知道？

「什……什麼……」浩呆威不可思議的看她，「妳、妳怎麼……知道？」

「喂！」阿草使勁打了浩呆威一下，怎麼說出來了！

「那王宏一呢？趙伯呢？」芙拉蜜絲雙手抱胸的瞪著他們。

阿草跟浩呆威兩人神情閃爍，眼珠子轉得飛快，急著想要離開，芙拉蜜絲一個箭步上前擋住他們的去向，到底是想跑到哪裡去？

「你們知道什麼就講吧！到底出了什麼事，看看伊兒莎她們都死於非命了，鎮裡有邪物在亂竄，難道要看著更多人死亡你們才開心嗎？」芙拉蜜絲不客氣地揪住阿草的衣領，「那麼粗暴的吞噬方式根本就只有鬼獸，而鬼獸……是人類靈魂與惡鬼結合的產物。」

重點就在於：誰的魂魄。

「妳、妳在胡說什麼，誰說伊兒莎她們的死跟鬼獸有關的？」浩呆威抓住她揪住阿草衣領上的手，「自治隊有講嗎？妳不要在那邊瞎猜！」

「伊兒莎她們連全屍都沒有，還會有誰？藍線都出現了！」

「那也、也有可能是妖獸啊！」阿草慌亂的說著，他不知道自己的臉色有多慘白，「誰說一定會是鬼、鬼獸的！」

芙拉蜜絲望著慌張的兩個同學，無奈的搖頭，「你腳在抖知道嗎？」

「我……我要去學校了！」浩呆威扳過阿草，簡直像逃走般的回身就要跑。

但是，他們才一回首，就看到不遠處站了一個笑容滿面的同班同學，穿著乾淨的制服，笑吟吟的望著他們。

小乾。

芙拉蜜絲倒抽了一口氣，下意識拉著江雨晨往後，對於站在這裡的小乾她持嚴重懷疑！

「哇啊！」連阿草都大叫起來，「滾開！你走開！」

兩個大男生驚慌失措，嚇得連連向後踉蹌，腳絆著腳，還差點摔成一團；這讓芙拉蜜絲非常狐疑，小乾一向是這團體裡的弱者、被欺負著玩的，阿草他們最愛巴小乾的頭了，怎麼會怕他？

「嗨！」小乾舉起手來打招呼，愉快地走了過來。

該不會，他們根本就知道……這個小乾有問題吧！

「哇啊啊——滾開！不要靠近我！」阿草驚恐的從頸間拿出護身符，對著小乾，「退後！退後！」

咦咦咦？這下子連江雨晨都看出來了，拿護身符對著小乾的意思難道是——「啊！小乾他……」

小乾停下了腳步，表情是前所未有的自信，以前的小乾就是個駝背又怯生生的傢伙，一旦王宏一那群人靠近，總是會嚇得縮起頸子，而且不管誰找他說話，他根本不可能挺直背。

「幹嘛這樣？像看到什麼似的！」小乾眉開眼笑的對著阿草他們說著，「要去學校嗎？我也要一起去呢！」

兩個少年幾乎連滾帶爬的來到了芙拉蜜絲的身邊，江雨晨的佛珠法器也都搬出來了，不可思議的看著這根本不像小乾的小乾，「是你嗎？小乾，你怪怪的耶！」

芙拉蜜絲擰眉，轉頭瞪著雙雙跌在地的阿草他們，「你們前兩天就知道了吧？小乾進教室時你們臉色都發白，為什麼不說他也出事了？」

她有同罪，芙拉蜜絲撫上頸子，明明知道小乾有問題，卻也知情不報……可是因為隔天媽媽還說看著小乾在市場裡幫忙賣菜，她以為、以為那晚看見的小乾是假的！

妖類邪物都會幻術啊，人類的腦子最傻、眼睛最拙劣，總會被那些幻影所蒙蔽！

「我、我們不知道他到底死了沒啊！」阿草慌亂的喊著，「他到底是魂魄不走、還是那天根本沒死……」

小乾只是微笑著，眼神裡幾乎沒有生氣，像玻璃珠般的雙眼笑看著阿草他們。

「我、我那時明明看到他吊死在樹上，我們沒人欺負他啊，他怎麼就上吊了！」浩呆威竟一手扯住芙拉蜜絲的褲角，「我們沒敢上去看他的脈搏，但是他眼睛都凸出來，舌頭也掉在胸口……」

舌頭……芙拉蜜絲覺得渾身不舒服，想起那晚黏膩的勒頸，像還真有點像舌頭。

「呵呵……」小乾突然笑了起來，「哈哈哈哈……你們也太好騙了吧！哈哈！」

騙？阿草他們搖著頭，他們可不認為那是騙。

「我只是開玩笑的嘛！」小乾曲膝，雙手擱在腿上，很誠意的望著阿草他們，「我不知道這樣就能把你們嚇著了！對不起！」

他邊說，忽然小跑步朝這兒奔至，地上兩個大男孩嚇得連站都來不及站！

嘖！沒用！芙拉蜜絲二話不說突然一步上前，直接取下腰間的長鞭，啪的在小乾面前甩上，激起一陣塵土，也讓小乾止步。

「小乾不敢跟他們開玩笑的。」芙拉蜜絲凌厲的望著小乾，「要裝也該裝像一點——」

「芙拉。」小乾依然維持無辜的笑，「那天晚上對不起厚！」

晚上？江雨晨立刻聽出來了，「晚上怎麼了？」

「果然是你——」芙拉蜜絲緊咬著唇，鞭子指向他，「伊兒莎她們的死跟你有關係嗎？」

「伊兒莎……」小乾露出一臉無辜，搖了搖頭，「我沒有殺她們，你們找錯人了！」

「少來了！」芙拉蜜絲直接甩動了鞭子，「不是你還能有誰——」

長鞭咻咻朝小乾身上打去，江雨晨嚇得尖叫出聲，然而小乾卻極其靈巧的向後跳躍，輕而易舉的閃過長鞭，但芙拉蜜絲這次沒有手軟，或許是因為這跟十字弓不同，並不會即刻致人於死。

就算知道這個小乾怪異，她還是沒辦法殺掉他，只是以長鞭不停地攻擊，但是不管如何變化、如何迅速，小乾總是能疾速閃過，一點都不像平常的遲緩怯懦！

「那幾個女生跟我沒有關係，別把我跟那種傢伙混為一談！」小乾得意的笑了起來，「人類這麼有趣，立刻就殺了太無聊了！」

咦？江雨晨呆愣的望著在閃躲間往遠處去的小乾，忙不迭地上前拽住了芙拉蜜絲，不讓她續往前追。

「問問他們，那天發生了什麼事吧！哈哈哈！」小乾誇張的大笑著，五公尺之遙，笑到曲了身子，「真是太有趣了！」

「這裡是怎麼回事！」後頭傳來嚴厲的聲音，芙拉蜜絲緊張的收鞭，看著黃色制服從她身邊經過，是自治隊的人。

然後剛剛在那頭爭執的人們也因為他們這邊的狀況探了過來，小乾的媽媽焦急的奔來，不客氣的撞開芙拉蜜絲，直往寶貝兒子去。

「媽咪——」前一刻在狂笑的小乾這會兒聲淚俱下。「救我救我！」

「小乾你怎麼了！沒事吧！」媽媽緊護住小乾，仔細打量著他全身上下，「不怕不怕，媽媽在這裡！」

下一刻，她便惡狠狠的轉過來，瞪著芙拉蜜絲。

「芙拉蜜絲，怎麼回事？」自治隊靠近她右手邊，看著她手上的長鞭，「抽鞭的聲音大到都有迴音了，」

「芙拉蜜絲！妳竟敢拿那種對付鬼獸的東西打我兒子！」小乾的媽媽不可思議的叫嚷著。

呆坐在地上的阿草跟浩呆威一時尚無法反應，只能看著人潮越來越多，所有人目光都往他們這邊看來。

「不是的，這是誤會！」江雨晨突然出聲，「剛剛小乾跟阿草他們有些爭執，所以……」

「小乾跟你們？」小乾的母親見到阿草只有更加怒不可遏，「你們都在霸凌他！不要以為我不知道我兒子多怕你們！你們還想幹嘛？繼王宏一後要對我兒子下手了嗎？」

「冷靜點。」小隊長出聲，他們就是接獲通知，街坊們為失蹤的學生大吵才趕來的，「你們兩個！起來跟我走。」

「咦？」剛起身的浩呆威正扶著阿草，錯愕的望著自治隊。

「小乾也是，你們兩個是不是隱瞞了什麼？」小隊長嚴肅的皺著眉，「沒理由你們一夥人，就他們三個失蹤。」

阿草被拉站而起，不安的跟浩呆威交換眼神，而躲在媽媽身後的小乾，卻劃上了邪惡的笑容，盡入芙拉蜜絲眼底。

現場又是一陣七嘴八舌，小兵跟大頭的媽媽從後面追打阿草他們，哭喊著還我兒子來，然後陷入一陣混亂，幸而這次自治隊在場，才及時拉開。

「不要打了，跟我們沒關係！」阿草哭著喊了出聲，「都是王宏一！一切都是宏一的錯！」

「還說謊！竟然想把錯推在失蹤的人身上！」即使有自治隊護著，大頭他媽仍舊拿著傘不停的戳刺著浩呆威。「你們究竟對他做了什麼！把我的大頭還給我！」

「大頭已經不在了！」浩呆威倏地抓住雨傘，回頭大吼，「他已經死了！」

咦？大頭的母親立刻愣住，瞪大雙眼望著哭喊著的浩呆威，一旁的阿草嗚咽一聲，淚水如水龍頭打開般嘩啦啦的哭了起來。

「喂！先帶走。」自治隊深覺不妙，上前要趕緊將浩呆威他們帶走。

「你說什麼？」小兵母親扳過阿草，「那小兵呢？我家小兵呢！」

阿草沒說話，只是哭得更兇，拚命搖頭。

現場陷入一種震驚與靜寂，失蹤案一下變成死亡案，而且這次事關「人」而不是「邪物」，連自治隊都很訝異。

「都是王宏一！」浩呆威好不容易得空換口氣，抬起頭望向大頭母親，「是他殺掉大頭的，都是他！」

『嘻……』得意的笑聲從腦中傳來，芙拉蜜絲聽得一清二楚，雙眼瞬也不瞬的望著躲在母親背後的小乾，他笑得如此得意。『哈哈哈！』

沉重的腳步聲緩緩逼近，芙拉蜜絲側首，看見人群自兩旁退開，王媽媽木然的站在那兒。

「胡說……八道。」王媽媽鎮定的說著，「宏一不可能殺人！我的寶貝兒子最多就是皮了點，他怎麼可能殺人！」

「回自治隊再說！」小隊長拽過了浩呆威，但大頭媽媽撲上，緊扣住浩呆威要一個答案。

浩呆威再次看向了阿草，他們一直在顧忌什麼，這讓芙拉蜜絲覺得很詭異。

「王宏一把趙伯殺掉了。」浩呆威吐出鉛重般的字眼，「大頭為了阻止他，也被殺了……然後是小兵……」

『嘻嘻……』小乾的笑聲再度傳進腦子裡，『就說嘛，哈哈哈，真是太有趣了對吧？』

芙拉蜜絲緊握雙拳，這傢伙到底在笑些什麼！她朝小乾媽媽那邊瞪去，卻赫然發現，小乾曾幾何時消失了！

人呢？

刹刹刹……飛躍般的足音從右手邊傳來，芙拉蜜絲跟著向右邊看去，急忙推開圍觀的人群往足音追去！

此時此刻身後只剩下王媽媽的咆哮、母親們的哭喊、自治隊的排解，再沒有人在乎她剛剛與小乾之間的爭執！所以芙拉蜜絲追著聲音跑，在每一條巷弄中似乎捕捉到殘影，又在瞬間消失！

直到某條細窄的巷子，小乾彷彿在等她似的，就站在巷子那一端笑看著她。

可惡！芙拉蜜絲緊咬著唇，就要追上前去──

「芙拉！」

柔細的叫聲傳來，江雨晨拉住她的手向後扯，不讓她追上去！

「雨晨……妳放開我！小乾他……」她急死了，雨晨是在攪什麼局？！

「小乾是很可怕的東西，妳不要追，他故意的！」江雨晨拚命搖頭，眼神盈滿恐懼，「他恐怕不是那種鬼獸或妖獸這麼簡單的東西！」

「我知道，但是……」芙拉蜜絲心急如焚，一心想追，「充其量應該就是妖獸罷了！」

「不！不是！」江雨晨死命的抱住她，「他不是獸類！他有影子、完全像個人，他一定不是獸！」

不管妖獸鬼獸，只要是吸收了人類後，都不會是正常的模樣，所以才會被冠以「獸」名；而小乾在陽光下出沒，影子也一如正常的人類……芙拉蜜絲這才理智思考，小乾的確橫看豎看都像個人。

但是那晚的攻擊……她也是沒辦法證明那就是真的小乾。

「那是什麼？」芙拉蜜絲遲疑了數秒，「該不會是……」

「魑魅。」

悅耳悠揚的聲音驀地在芙拉蜜絲身邊揚起，俊臉居然還戴著墨鏡，全身度假裝扮。「雨晨很聰明，不要追比較好。」

法海！芙拉蜜絲瞪圓了眼，看著這個還穿著輕鬆T恤跟寬鬆褲的男孩，腳上踩著夾腳拖，敢情他真的要去度假！

芙拉蜜絲放棄了追上的念頭，法海說的話比雨晨有力，因為他……好像會點什麼，至少那天晚上，是他救了她；江雨晨為此鬆一口氣，小乾也早就不見蹤影，而阿草他們引起的騷動未平，現下已經坐上了自治隊的車。

失蹤案頓時變成兇殺案，又多了好幾對心碎的父母。

但是現在，芙拉蜜絲不想管什麼王宏一殺人的事，畢竟魑魅如果真的存在，比鬼獸還危險。

「魑魅能仿人的樣子生活，所以小乾才沒異狀……」芙拉蜜絲咬了唇，「我得去告訴真里大哥！」

「先等等！妳這樣說真里大哥不會信的！」江雨晨立刻阻止，「而且真里大哥會問我們為什麼懷疑！」

「這還要問嗎？妳不知道那天晚——」芙拉蜜絲趕緊煞住，但是江雨晨已經瞇起雙眼，她剛剛就聽出來了！「反正就怪怪的。」

「芙、拉。」江雨晨噘起嘴，雙手扠腰，「妳夜晚外出？」

芙拉蜜絲心慌地轉著眼珠子不敢看她，轉而側首向法海投以求救的眼神，快幫忙啊，你也外出耶！

「我是看到她出去才跟的。」法海立刻指向芙拉蜜絲，「不過我倒是什麼都沒看到。」

喂！芙拉蜜絲張大了嘴，睜著眼睛說瞎話啊你！法海卻只是挑了挑眉，可別忘了當夜約定，關於他「剛好路過救了她」這件事，是不能對外說的！

「我就知道，妳遇到小乾是不是？」江雨晨推測著，「不管怎樣，妳絕對不能講夜出的事啊！」

「問題是不講就不能說服真里大哥！」芙拉蜜絲可是心急如焚，「鎮上不止一個怪物，誰知道他們想幹嘛，要盡早告訴真里大哥才行！」

「魑魅想要什麼倒是很容易懂。」法海瞥向江雨晨。「……倒是江同學是怎麼覺得小乾是魑魅的呢？」

「呃……」被這樣注視，總讓江雨晨不由得緋紅雙頰。「因為小乾剛剛說他才不會粗魯的吃殺掉伊兒莎她們，也只覺得人類有趣……老師教過，獸類嗜血，但是妖類喜歡玩弄人類……而魑魅——」

「……」芙拉蜜絲也想起來了，「唯恐天下不亂……」

利用人性，玩弄人性，總是能不費一兵一卒就讓人們相互殘殺，以此為樂，這就是魑魅啊！

所以，小乾他還想做什麼？

第六章

一個魑魅，一個鬼獸，芙拉蜜絲會這麼揣度，是因為伊兒莎她們的慘烈死狀，通常只有鬼獸會這樣狂暴。

她專心凝神，拋出手上長鞭，遠處石頭上的鋁罐應聲而裂，分成兩半，準確有力，學了這麼多種武器，還是長鞭用起來最順手，但長鞭殺傷力並不強，真的遇到危險時，哪能將怪物殺掉，只怕連逼退都有問題。

不遠處的江雨晨正在練習射飛刀，這裡是學校一塊小中庭，她們總在這兒偷偷練習，其實老師跟很多同學都知道，大家就睜一隻眼閉一隻眼的借他們道具，反正不要太明目張膽就好了。

而後面……有個人坐在涼亭裡，戴著墨鏡喝著飲料，還躺在涼亭的椅子上乘涼，非常悠然自得。

芙拉蜜絲忍不住回頭看了法海一眼，這傢伙也過太爽了吧，完全都不需要鍛鍊的嗎？心中對他有成堆的疑問，但是礙於雨晨在又不好問出口，當然還有卡在他們之間的約定。

芙拉蜜絲再抱過一箱鋁罐往靶邊走去，她已經用完一箱了，命中率百分之九十八，只有兩罐偏離了中間，雖然還是有打到，但是沒有一分為二就是失敗，準度失常。

按間隔擺上鋁罐，她其實應該要嘗試更有力的武器，例如……在鞭子尾端綁上刀子，練習操控刀子的方向，如此一來，既可以傷害怪物，又能為自己拉出安全距離，這才是攻守並重的方式。

但是……如果跟那晚一樣，有東西從後面勒住她呢？芙拉蜜絲下意識又撫上頸子，她該怎麼做才能化解？

涼亭裡的法海正在觀察著芙拉蜜絲的動作，順便休息消遣，他還滿喜歡這種炎夏的黃昏，有點涼風又不至於太冷，他討厭寒冷的地方，這種暖風吹來就是舒……嗯？他睜開眼睛，有討厭的東西來了。

一股惡臭傳來，芙拉蜜絲擺放鋁罐的手顫了一下，她蹙眉張望，又是這種噁心的腐爛味！她悄悄瞥向在左方練習的江雨晨，不想驚動她，但也不忘回首瞥了法海一眼。

法海略微坐直了身子，他知道有東西來了……不，該說是有什麼出現了，並非從遠方而來，只是現身罷了。

他用下巴略指了一點鐘方向，那是體育室，僅一層樓的挑高建築，裡頭內建小閣樓，可放置舊式或是多餘的體育器材；芙拉蜜絲望過去，暗暗在心中倒抽一口氣，整棟體育室根本被黑氣籠罩了！

剛剛他們從那邊走來時，還好好的啊……裡頭現在有人嗎？大家應該都在操場上練習吧？

「雨晨，我去買個飲料。」芙拉蜜絲對著江雨晨大喊，「妳想喝什麼？」

「咦？」江雨晨搖搖頭，「我不用！」

「好！」芙拉蜜絲握著鞭子就往體育室走去，還不停看向涼亭裡半躺著的傢伙，走啊！閒在那邊做什麼。

法海根本不想動，真搞不懂為什麼他非得放下眼前享受，跑去臭氣沖天的體育室不可？想是這麼想，但是他還是起了身，懶洋洋的跟著芙拉蜜絲身後，這女人性子急躁，隻身一人還敢走這麼快？

芙拉蜜絲疾步往前，卻沒忽略沙地上的腳印，她發現了身邊有一組模糊的腳印跟她走同一個方向，那是稍早的足印，因為已經被塵沙蓋住一些不甚清楚，但是……她蹲了下來，卻可以看出來是赤腳的足印。

而且，她的腳就在腳印邊當比例尺，之前的腳印足足比她的腳大了一倍。

循著腳印往前，完全斜行向體育室，一直到體育室周邊的水泥地後，才失去了足跡。

「嘿！芙拉！」她看得太專心，沒留意到有一行人正走過來，「妳又在偷偷練習喔？」

芙拉蜜絲嚇了一跳，看著體育老師跟幾個學生正要進入體育室，「老師……老師你要……」

「啊，要搬一些跳箱，有些人怎麼跳就是不過，得訓練一下！」他回身吆喝，「快點，要搬好幾座！」

「不……」要喊出口的話語哽住了，芙拉蜜絲又陷入掙扎，她該不該說啊！彷彿只有她看見的異狀，能說嗎？

不能說的話……芙拉蜜絲忽地邁開步伐往前衝，那就人到吧！「我來幫忙！」幫忙個頭！姍姍來遲的法海簡直不敢相信，有人是這麼不要命的嗎？明知道那裡面有東西還硬要去蹚渾水？不能說就別說，也沒必要把自己往危險裡送吧？

芙拉蜜絲衝到體育室前時，老師已經推開了門，裡頭有些昏暗，幾乎都是藉著窗子的光照明，她屏住呼吸，看著其他同學都從容的進入，更可知道只有她嗅得到這個味道！

「跳箱在裡頭，搬六個出去好了。」體育老師嚷著，芙拉蜜絲緊張的擠進去，巴不得可以一馬當先。

在哪裡……她謹慎的跟著其他同學往前，到底在哪裡？

「芙拉，妳做什麼？」老師攔下她，「讓男生搬就好了啊！」

「不是啦，我……」唰——在堆滿雜物的物品之間，有東西掠了過去，緊接著一疊東西咚咚咚咚的掉了下來。「啊！」

一個舊球拍彈了出來，老師也回頭去看，一堆舊球拍散了一地，揚起輕塵。

「嘖，這放得好好的怎麼掉下來了？」老師唸著，一邊拾撿起球拍，那些球拍是放在堆高物品的上方。

芙拉蜜絲知道為什麼，因為剛剛有東西跑過去，撞倒了東西。

裡頭的同學正依序搬下跳箱，跳箱原本就是一個疊一個，所以相當有高度，第一批兩個人搬下第一座，另兩個再上前輔助，接著再搬第二個。

「側身側身。」學生們喊著，這雜物堆滿整間，很難橫著走，得一前一後才行。

另一組人正取下另一座跳箱，同數一二三後將跳箱舉起，原本以為很重，結果這一扛抬卻異常的輕。

「咦？不重耶！」他們才在驚奇，突然意識到是有人幫了他們一把。

面對牆的瘦高同學忽然瞪大雙眼，陡然鬆了手，「啊啊啊……」

「喂——」對面的平頭同學扛著，他氣急敗壞的嚷著，「你幹嘛放手啦，喂……」他回頭，「你幫我搬一……下……」

站在牆角的「幫手」，高大的直抵天花板，深褐色的皮膚上長滿疙瘩，扶著跳箱的手臂上有一條不規則的裂口，裂口裡是鮮紅的肌理，而望著他們的那張臉上全是肉瘤，頭是一般人的兩倍大，可是那雙眼睛卻沒有絲毫被遮掩。

那張臉即使長滿肉瘤，但還是可以輕易辨識——「王宏一？」

王宏一咧開嘴，把手中抓住的跳箱猛然抽離高舉，下一秒像槌子般往平頭同學頭頂擊了下去！

啪嘰血花四濺，平頭同學被擊碎在身後的另一排物品上，高瘦的學生臉上被濺滿鮮血，因為過度驚嚇而一時不知所措！

「哇啊——」但其他的人倒是看清了，跳箱也不要了，鬆手一扔，急急忙忙就往門口衝！

「陳廣圻！衝啊！」老師拉過芙拉蜜絲也往外推，大喝著要嚇傻的同學趕快跑，只是所有人才跑沒兩步，就眼睜睜看著體育室的門匡啷的關了起來！

體育老師立刻拿出隨身佩帶的短槍，其他兩個同學慌亂的掏著護身符或法器，大家擠在中間的窄道圍成一圈，戒慎恐懼的看著四周……堆滿雜物的空間、腳軟的陳廣圻同學並沒有遭到毒手，他頹然的跪在地上，依然嚇得無法動彈，這時芙拉蜜絲就會覺得平常再多的訓練不一定有用，因為多數人都會先嚇到！

芙拉蜜絲背抵著其他人，不過雙眼卻注意側邊的窗子，夕陽正巧從窗子那邊射入，如果是鬼獸就會討厭陽光，沒事不會曝露在陽光底下，所以他們只要離窗子再近一些……

『熟悉嗎？』幽咽的聲音從深處傳來，『老師？』

「……王、王宏一？」老師持著槍對著聲音的來源，「是你嗎？王宏一！」

『呵……想我嗎？』下一秒，他的聲音出現在門口，所有人跟著望去。

光是超過兩公尺的身高，過度壯碩的體型，就已經不像是個正常人了，至少過去的王宏一不是長這個樣子，更別說詭異的頭、肉瘤臉跟奇怪的肌膚。

「哇啊啊……那是、那是——」同學們驚慌失措，「救命啊！喂——救命！」

他們想從窗子對外求救，怎知王宏一卻才步上前就往牆壁使勁一敲，窗子上的木架應聲而落，常設的咒文板喀喀喀的一扇扇關了下來！

不行！芙拉蜜絲眼見狀況不對，瞬而揮鞭，硬生生將最後面的木板劈成兩半！

『芙拉……』王宏一低沉的吼著，芙拉蜜絲不加思索的收鞭扭腰，一回身就再朝王宏一身上抽去！

砰——同一時間，老師趁機開了槍。

只是如此龐然大物，卻瞬間變得透明，子彈穿過了王宏一剛剛站著的地方，連芙拉蜜絲的長鞭都撲了空！

「鬼獸……是鬼獸！」老師幾乎確定了，「快去按警報！」

警報！其中一位同學聞言立刻往前直衝，衝往門側的警報鈴，但是就在即將逼近之際，王宏一不知從哪兒瞬間出現，持著網球拍就朝該同學的頭上罩了下去……同學的頭登時穿過網子，被往後拉扯。

『有印象嗎？老師，你也這樣扣過我……』王宏一咧開大嘴，拽著那同學向後，『就這樣用網球拍拉著向後拖……』

王宏一餘音未落，同學的頭身已然分家，牠甚至因為反作用力而錯愕，回首看著還卡在網球拍裡的頭顱，有些遺憾。

「啊啊啊啊——」親眼看著同學頭身分離的學生突然朝王宏一身上扔出法器，牠一時反應不及，卻也驚恐的後退閃離——然後怒火中燒的推倒一旁礙事的雜物，再次衝向了學生。

「王宏一！」體育老師怎麼可能放過這麼近的機會，擎著槍對準他，砰砰砰連開了好幾槍。

王宏一巨大的左手卻早拿了東西遮擋，右手俐落刺穿了正準備防禦的學生，在慘叫聲中將他舉起朝體育老師扔了過去！

「哇啊——」腹部被穿透的學生痛苦異常，忍著最後一口氣，拿著身上的護身符壓上王宏一的大手，這招奏效，王宏一痛苦的大吼並忿忿的把手上的學生扔進雜物堆裡，奄奄一息！

「老師，到陽光下去！」芙拉蜜絲冷不防往後推開老師，長鞭朝王宏一甩去。

啪的長鞭打上了王宏一，但是也被牠反手握住，甚至用力往前一扯，將芙拉蜜絲整個人往前拖。

不行！芙拉蜜絲煞住步伐，抓著一旁的東西想支撐，但是力道卻根本難以抵擋！她身上有什麼法器可以用的……快想，上次媽媽教她唸的咒語是什麼！

『芙……拉……』王宏一含糊不清的說著，凸出的黑色眼珠盯著芙拉蜜絲，『不要過來……』

「你怎麼會被鬼獸吃了……不是你殺掉趙伯嗎？那趙伯呢？」芙拉蜜絲意識到王宏一對她的攻擊力並沒有很強，便拉緊長鞭，摸索身上有的護身。

『我這樣……很好……』王宏一咧嘴而笑，『比以前更強，更厲害……』

牠一邊說，一邊粗暴的吸吮指上的血塊，滿足貪婪的舔著，眼神從芙拉蜜絲身上，移到了體育老師；老師子彈業已用盡，彈匣沒放在身上，但也取下身上的長串佛珠，在空中甩動著。

「芙拉蜜絲，掩護我！」老師大喊著，竟然衝了過去。

掩護？她的鞭子現在被抓著啊是要怎麼掩護啦！芙拉蜜絲使勁將鞭子向後拉，王宏一根本不為所動，反而在她使力時陡然鬆手，害她直接向後倒去，撞進了一堆椅子裡。

同時間老師將佛珠套進王宏一收回的左手上，緊緊拉住，嘴裡開始唸唸有詞，那是每個人的基本技能，總是會幾套驅魔咒，以防萬一；王宏一低吼著想抽出手，但是佛珠明顯得正灼燒他的右手，只可惜這影響不了太久。

芙拉蜜絲從椅子堆裡爬起來的時候，看著怒吼的王宏一右手直接對著老師的雙手一劈，老師雙臂俱斷，頓時鮮血大量噴出，老師痛苦的慘叫著，整個人向後彈去。

『處罰我、你處分我——』王宏一的右手被燒灼一圈，痛得似乎難以動彈，但是其他部位還是行動自如，『你居然敢碰——』

老師就倒在芙拉蜜絲腳邊，斷裂的雙臂血流如注，痛到在地上打滾，王宏一直接衝過來欲攻擊老師，芙拉蜜絲根本不容他有這種機會，一鞭就打上他的臉，再回手抽下第二鞭。

『啊啊——』王宏一猙獰的瞪向她，芙拉蜜絲怒氣比他更甚，把護身符掛上長鞭。『妳為什麼要阻止我！』

「你該死。」芙拉蜜絲忿忿的說著，看著滿室滿牆的鮮血，越來越虛弱的老師，她完全怒火中燒。「你還保有自己的意識，就不該這樣殺人！」

『他們活該——每個人都該聽我的話！』牠瞪著地上的老師，『你喜歡處罰我是吧，換我了，該換人了！』

王宏一舉起右手握拳，就要朝老師捶下，芙拉蜜絲見識過牠的力道，深知這一捶下去就是要置老師於死地，就算牠被鬼獸吃了，吸收意識，也不該這樣濫殺無辜——怒火像熱浪一樣從體內深處竄上來，芙拉蜜絲咬緊牙就不顧一切的朝著王宏一甩鞭而去。

啪，鞭子尾端劃上王宏一的臉頰，伴隨著清脆響聲之後的，居然是一小簇火花。

『嗚哇——』王宏一驚恐的後退，牠的左臉頰被鞭出一道傷痕……一道冒著煙的鞭痕。

『妳用了什麼……芙拉蜜絲！妳竟然——』

咦？有效！她咬緊牙關，逼自己再往前一步，開始唸起驅魔咒，然後再往王宏一身上抽！每抽一鞭，都有火星竄起，王宏一在慘叫中節節後退，牠還是畏懼法器的——最後一鞭，芙拉蜜絲對準了牠的頸子，非得制住牠不可。

就算曾是同學，牠現在已經不是了！

對準角度，長鞭揮出，該套上王宏一頸部的鞭子轉了兩圈……卻撲了空！芙拉蜜絲當下驚愕，王宏一就在她面前變得模糊且消失——她忘記牠是鬼獸了！

下一秒，她背脊一涼倏地回身，什麼都沒瞧見，只看到龐大影子，肚子一陣劇痛，她整個人騰空被打飛了出去！

好痛——天——芙拉蜜絲什麼都沒辦法想，她只是在離地的瞬間看見王宏一正扯下老師的頭，乾脆的一口塞進嘴裡！

恐懼地緊閉雙眼，她猜想這種力道下的自己，就算不死也會骨折了！

『什麼！？』驚異的語調來自於王宏一的吼聲，因為正在咀嚼老師的頭顱所以語焉不詳。

在這個同時，芙拉蜜絲覺得自己慢下來了，她瞪圓的眼望著昏暗的天花板，她停……停凝在半空中？！

『為什麼——哇——』緊接著一陣狼狽的碰撞，聽得出來那是一種跌撞的聲響，然後在某個瞬間一切都靜下來，只剩落地物品持續在地面打滾的聲音。

咦？芙拉蜜絲有些慌張，她真的浮在空中，往旁邊偷瞄，她其實離地很近了，她試著伸手要去探探地面，只是才伸手，她忽然就往下掉！

砰！「哇……」她被突然的墜地嚇到了，但是才墜不到五十公分的距離根本不成大礙，不過是壓上一堆雜物，有些撞擊性的疼痛而已。

「起得來嗎？」一隻手突然映在眼前，芙拉蜜絲愣愣的抬首。

再如何昏暗，依然能看見閃耀的金髮，法海正朝她伸出手，像個紳士一般。

「你怎麼……咦？」芙拉蜜絲驚愕的往左手邊看去，體育室的門什麼時候開了！？「你什麼時候進來的？」

「不要拉倒。」法海收回手，淡漠的轉過頭去。「這裡真慘……」

「喂——要啦要啦！」芙拉蜜絲跌在大小不一的物體上，根本很難站起來，「拜託～」

法海回首瞥了她一眼，勉為其難重新伸手，芙拉蜜絲趕緊搭上，她輕唉著撫著背部臀部，全身上下都有點疼，但至少沒有大礙。

現場滿目瘡痍，牆上都是斑斑血跡，還有在牆上拖曳出的大片血痕，斷肢殘臂掉得到處都是，但是……法海稍微觀察了一下，大部分主要軀幹都不見了，而他腳邊還有一雙腳，腰部以上只剩一灘爛肉泥，所以他打橫手臂，不讓芙拉蜜絲往前靠近。

「去按警鈴吧，再往前全是血了。」他沉穩的說著，「分屍分成這樣，我都搞不清楚到底有幾個人了。」

「老師……」芙拉蜜絲踮起腳尖，攀住他的手臂往前探，不由得緊皺起眉，「還是來不及……我沒保住老師！」

「妳？」法海回頭白了她一眼，「妳都自身難保了還想保人？要當英雄也不是這樣子的吧？」

「我……」她一臉理直氣壯，「我就是不能眼睜睜看著王宏一那樣子殺人，他還吃……吃下老師的頭！」

法海挑了挑眉，「王宏一？」

「嗯。」芙拉蜜絲肯定的點頭，「我確定是他，那模樣很好認，他已經變成鬼獸了。」

「嗯。」法海點了點頭，催促著她去按警報鈴，順道旋身跟著往外走。

芙拉蜜絲跑不快，身上多有挫傷，拖著腳步到門邊按下了警鈴，而法海卻繼續往外步去。

「欸……」她下意識拉住他的手，慌張的眼神彷彿在說：你要去哪裡？

「我不想扯進這件事，妳負責就好了。」法海輕聲說著，「別說我來過。」

「咦？」芙拉蜜絲聞言卻握得更緊，他怎麼才來就想逃呢？

「喂，妳剛剛還一夫當關，現在這種眼神是怎樣？」法海有些無力，一副長鞭就想對付鬼獸的傢伙，怎麼現在死拉住他不放了？

芙拉蜜絲咬著唇露出一臉無助，剛剛她真的是又氣又怒，可是經歷了這麼一串生死關頭，事情落幕後反而感到恐懼……她低首撫著自己的肚子，她原本以為身上會被刨出一個洞的，原本以為自己會死於非命。

想想，其他同學被揮打時都皮開肉綻，腹腔更是肚破腸流，那為什麼她……在王宏一揮手的瞬間，似乎有什麼東西隔在他們之間？

「你——」芙拉蜜絲忽然意識到什麼，法海剛剛就跟在她身後，就算沒進體育館也不可能不知道裡面的動靜啊！

法海微蹙眉，「什麼？我要閃了！放手！」

「你……是闇行使？」

鎮上所有的燈都亮起紅色，紅色警戒正式開始，體育館裡又死了四個人，三個學生一個老師，除了保有頭顱的之外，若不是芙拉蜜絲在場，根本分不清誰是誰。

全鎮提早下班休息，每一戶人家都把擋煞避邪的法器搬出，窗戶的咒文板上再加貼符紙，就怕鬼獸力量過強長驅而入；怎麼算都已經死了七個人，這個鬼獸的力量到了沒人預料的地步，因為就鎮上遇過的案例來說，鬼獸通常都在嗜血後即刻被解決。

自治隊跟鎮長展開會議，堺真里認為不能再拖了，必須找闇行使來才行，這已經不是普通的護身符或是法器能阻擋得了！

芙拉蜜絲蜷在椅子上，靜靜望著窗外，這夜她被拘留在自治隊裡，因為有很多事情必須交代，由於自治隊的建地本身就是經過加持的特殊土地，防禦力相當強大，就連小妖都難以入侵。

另一個窩在沙發上哭的是體育室唯一的倖存者，陳廣圻，從回來至今全身抖個不停，自治隊的哥哥們已經盡全力安撫他了，他還是全身掛滿了法器、護身符跟無數佛珠天珠。

晚飯只吃了一兩口就說吃不下了，一味的恐懼。

她很想陪他，但是陳廣圻卻拒人於千里之外，看到她就會一直大喊大叫，醫生說可能是因為她，會讓他想起在體育室裡的事……被撕開的同學、被打爛的血肉就噴在他頭上，還有高大怪異的鬼獸，以及那種不知什麼時候會出現在身後的感覺。

所以陳廣圻獨自待在透明玻璃的居留室裡，坐在中間，不安的隨時環顧四周，深怕有什麼東西會從身後衝出來。

比較起來她就幸運得多，姑且不論自治隊長真里大哥對她很好，而且雨晨也跑來作伴，還有……

「法海，你要吃冰嗎？」芙拉蜜絲誠懇的問著，「大哥說冰箱裡有……」

「我、不、想。」法海背對著她，老大不爽的在看報紙。

嘖，還在生氣？江雨晨推推她，暗示她直接去拿冰給法海，真誠道歉讓他消消火。

芙拉蜜絲起身往冰箱走去，她真的不是故意緊拉著他不放的，但是一直到老師們衝到時，她還是沒能鬆手，她完全不想一個人面對接下來的一切啊！而且她覺得有法海在，就能安心許多，所以……

他們就一起進自治隊了。

「喏。」她噘著嘴，遞出一支冰棒。

法海瞥了一眼，別過頭，「不想吃。」

「別這樣嘛，對不起！」她雙手合十置於頂上，恭敬的行禮，「我真的不是故意的！」

「最好。」法海冷哼一聲，「死不放手是吧！」

「我會怕嘛！」她噘起嘴，理直氣壯。

「怕個頭啦，妳拿根鞭子就一夫當關萬夫莫敵了，我看妳衝著鬼獸殺過去時，眼睛眨都沒眨的啊！」法海圓睜綠眸，「鬼獸都跑了妳才跟我說害怕？」

「就是、我那時是怒火中燒才會這麼衝動啊，可是又不代表我不會怕！鬼獸力氣這麼大，同學被一手刺穿時我嚇都嚇死了！」芙拉蜜絲非常沒有說服力的拉開椅子坐下，「尤其我被揮出去時都想說自己死定了咧……」

「嗯哼。」法海挑高了眉，完全不想相信。

「驚魂未定，你就出現了，所以我……我那時覺得自己命超大的，心情一放鬆，就覺得好可怕。」她皺起眉，一臉可憐兮兮的模樣，還咬著唇望向他。

法海瞇起眼，突然將身子趨前，幾乎貼上她的臉頰，芙拉蜜絲也趕緊俯頸，想著他要說什麼。

「妳真以為自己是命大？」

咦？芙拉蜜絲倏地直起身子，瞪圓眼向著法海，這話什麼意思？

「法海，別這樣嘛，芙拉有名的就是衝動嘛，她一衝動起來就會失去理智，也不會去思考危險和恐懼呢！」江雨晨輕柔的開口，「撿回一命時你突然出現，她就會整個很依賴你的喔！」

「江雨晨，我怎麼聽不出來妳在幫我說話！」芙拉蜜絲沒好氣的說著，這根本是在損她嘛！

「我說真的啊，妳本來做事就沒在瞻前顧後的。」她走了過來，「等事情結束後，才會去想：啊，我怎麼這樣？啊我怎麼這麼不怕死！唉呀我怎麼能這樣面對鬼獸……」

江雨晨！芙拉蜜絲咬著唇卻無法辯解，討厭鬼啦，幹嘛揭她的底！

眼前的少年倒是輕笑出聲，攤開掌心向上，勾勾手指，芙拉蜜絲一時還不解的望著他的掌心，法海的手指好修長，超好看的……呃不對，他是要冰的意思嗎？

她戰戰兢兢把冰擱在他掌心上，他還略抬高下巴，帶著不悅的挑動眉毛。

「噗嘶……」在法海身後的江雨晨做暗語，伴隨著撕開的動作，打開啊！

「噢。」她把冰棒取回，「你連開都不會喔！」

天……江雨晨掌心拍擊前額，無力的回過身去，這種話能說出口嗎？

「我不想吃了。」法海擺起譜來。

「吃吃吃，我拜託你吃嘛！」芙拉蜜絲忙不迭地趕緊把冰棒袋子打開，恭敬的呈到大爺的掌心裡，「吃了就是原諒我了喔！」

只見法海拿起冰，慢條斯理的咬了一口……嗯，看向左邊，再咬一口，看向右邊，再含著冰棒，往陳廣圻那邊看過去……

啪！芙拉蜜絲忍無可忍，一拍桌子就站了起來，「喂，不原諒就不原諒嘛，你擺什麼架子啊！你明明就有在現場，為什麼想跑走還要我幫你——」

冰棒準確塞進她咆哮的嘴巴裡，芙拉蜜絲差點被嗆著，瞠目結舌的看著站起身的法海，還有她、她嘴裡怎麼會有冰棒！還是法海剛剛含在嘴裡的冰棒嗎？天哪！

「怎麼啦？這麼熱鬧。」裡頭辦公室走出堺真里，「有芙拉在就是會這麼吵。」

「您好。」法海禮貌的頷首。「剛剛江同學在說芙拉蜜絲是個衝動派，所以面對鬼獸也不畏懼。」

「哦……」堺真里露出複雜的表情，搖了搖頭，「你才剛來，不知道芙拉的外號對吧？」

「嗯？」法海倒是好奇。

「她是烈火芙拉，雨晨是柔水雨晨，一水一火，很對比的好朋友。」堺真里介紹著兩個女孩，帶著笑容，「但是芙拉的衝動人盡皆知。」

照平常，芙拉蜜絲會很生氣的反駁，說她只是看不慣而已，又沒多衝動。但是現在，她根本沒心情辯解，只顧著瞪著拿出來的冰棒呆望，江雨晨已經趕忙遞上手帕了，她卻仍在發呆中。

不，那根本是臉紅！

這是法海剛剛吃過的冰棒、法海剛剛……他怎麼說塞就塞進來了，前一秒他還含著啊！

「芙拉，妳臉好紅喔，怎麼了嗎？」堺真里也發現了，趕緊走過來。

「沒有啦！」江雨晨笑了起來，「法海把冰塞到她嘴裡，就等於間接接吻了嘛！」

咦咦咦——芙拉蜜絲整個人向後彈到桌子邊，力道還大到撞歪了桌子，什麼間接接吻！

他根本只是要堵住她剛剛要講的話而已！

她慌亂的回頭看向法海，拚命的手頭齊搖，不過他完全不在乎的聳肩，還悠哉悠哉的坐下來了。

「呵……小孩子。」堺真里低笑著，「吃冰就吃冰，別想太多。」

這誰還吃得下去啊！芙拉蜜絲緊咬著唇，抓著冰就要找垃圾桶丟了！

「別浪費食物。」法海突然攔住她，「妳不吃給我吃吧！」

咦——這會兒，芙拉蜜絲的頭頂都冒煙了，他還要接著拿去吃！？「我、我自己吃！」

天哪！她為什麼會這麼慌啊！芙拉蜜絲僵硬的又踅回來，她臉好燙，心跳超快的，下午面對鬼獸的生死關頭時也沒這種狀況啊！

江雨晨偷偷笑著，她早知道法海完全是芙拉的菜，事實上是所有女生喜歡的樣子吧，不但是美男子，而且又是金髮碧眼，白皙的肌膚立體的五官，是那種人人都搶著要的類型。

她也喜歡啊，不過沒有芙拉那麼中意啦！

芙拉蜜絲又羞又氣的挑了個老遠的位子坐下來，望著手上快融化的冰棒，真是煩死了！為什麼吃根冰也能把自己搞得這麼騎虎難下！

沒想到吃不吃冰這樣簡單的事，對她來說比要不要跟鬼獸對尬這問題難多了！

「真里大哥，我們還是不考慮找闇行使嗎？」江雨晨憂心的回身問向堺真里，「芙拉說那個鬼獸連佛珠都不怕了，我們每個人佩戴的佛珠應該都是經過加持或誦禱的吧？」

提起鬼獸，堺真里就眉頭深鎖，身為自治隊長，就是這個鎮的首要保安，負責所有人的性命安全，但是，他上頭還有鎮長跟鎮民代表。

「下午開會，你們也知道鎮長是左派，很反對闇行使，一直認為他們比妖魔鬼怪還可怕……拖了好些時候，好不容易他才有條件的答應。」他表情不甚愉快，對於鎮長其實頗多怨言，「他要我們先找游離的闇行使，再如何也比我們自己面對強。」

「游離闇行使？那不是……學不專精的嗎？」江雨晨不可思議，「我們現在面對的是一個連佛珠都不畏懼的鬼獸耶！」

「鎮長排斥真正高明的闇行使，而且就算我們現在通知，等闇行使回應再動身來這裡，最快也要三十六小時。」堺真里嘆息著，看著遠方，闇行使都在無界森林的另一端，「這段期間，我們不知道鬼獸還會做出什麼事。」

無界森林很大，據說過去是海峽，裡面棲息了各種邪怪，就算是闇行使要通過也得防衛重重，所以過來總是要有一段時間……當然，還有條件必須講好，這個時代，他們是必須付錢聘請靈能者的。

芙拉蜜絲總說這是報應，人類相互殘殺的報應，以前身邊就有靈能者可以保護、預知或是解決，現在花大錢人家還不一定會來。

可是……芙拉蜜絲暗暗的看向坐在椅子上的法海，闇行使這邊不就有一個嗎？

她過度熱切的目光引起法海的注意，托著腮的他側首，朝她眨了眼，嘴唇微噘，噓——

嘖！都什麼時候了！眼前就有一個闇行使，但是誰也不能說……芙拉蜜絲大口的吞下冰棒，她是衝動，但是不至於沒有腦子，要是說了法海是闇行使，他明天就會消失了。

「長官！」自治隊的門突然開了，走進嚴肅的隊員，「闇行使到了。」

第七章

咦！芙拉蜜絲囫圇吞棗的嚥下最後一口冰棒，興奮的立正站好，她好喜歡接近闇行使，如果不是家人反對，她巴不得每天都跟闇行使聊天。

闇行使由四個自治隊員護送進來，他穿著斑駁的灰色斗篷，風塵僕僕，那種顏色的斗篷代表了他是游離份子，簡單來說就是只能對付小妖小怪，高階的就沒辦法了。

不過芙拉蜜絲才想往前，立刻有自治隊員將她護著往後，不讓她接近一步。

幹嘛這樣？就是這樣老把人當洪水猛獸，人家才不喜歡幫忙！

「您好，闇行使。」堺真里禮貌的行禮。

「別說廢話了，有東西在裡面鎮上亂竄，腥風血雨啊。」闇行使說著，聲音聽起來是中年人，他一一環視著現場的每個人，目光最終停在芙拉蜜絲身上，「她身上有邪氣。」

「她是目擊者，跟鬼獸對戰過，身上自然沾染了血跟鬼獸氣息。」堺真里清楚解釋。

「難怪……」闇行使沉吟著，「為什麼把他們放在這裡？入夜正是百鬼夜行時，太危險了。」

「自治所是特殊土地，應該是百鬼不侵。」

「很難講，尤其是嗜了血的鬼獸。」闇行使指著現場幾個學生，「護送他們回去，住家的保護實在得多。」

「咦……」芙拉蜜絲失望的欸了好大聲，她好想跟闇行使去看看喔。

堺真里怎會不知道她的心思，直接瞪過來，警告意味濃厚，她只得默默低首，緊抿著唇不敢再多吭半句；裡面的陳廣圻一聽見闇行使來了，便戰戰兢兢的走出來，但還是一臉驚嚇過度的模樣。

「這也是目擊者嗎？」闇行使皺了眉，「魂都被嚇得飄忽不定，快點送回去！」

邊說，他從身上拿出幾盞蠟燭，燭上都貼有佛號圖騰，芙拉蜜絲見過兩次，闇行使很常使用。

「除了你們的法器外，就拿著蠟燭把孩子們圍在中間，儘速送他們回去。」闇行使回身看著身邊幾位自治隊員，「幾個氣場重的跟我走，至少先把鬼獸引到空曠處，也好讓你們送孩子回去。」

堺真里立刻發號施令，由闇行使挑選所謂氣場重的人，另外再安排四個人護送學生們回去。

「有必要離開嗎？」依然坐在位子上的法海悻悻然的說著，「深夜出去只是徒增危險罷了，既然把我們留在這裡，還不如白天再出去。」

「不——不要！我要回家！」陳廣圻忽然哭嚷起來，「我現在就要回去！我不想待在這理，他來了、他來了！」

「陳廣圻！」堺真里立刻衝過去抱住失控的他，從他目擊整起事件後，精神一直不穩定，「你不要怕，闇行使在這裡，你很安全！」

「我要回去！放我回家！」陳廣圻緊抓著堺真里歇斯底里的喊著，「他來了，他一定會來找我，他不會放過我的！」

江雨晨雙眼一亮，「為什麼他不會放過你？」

「妳不懂……妳不知道以前我們整過他，老師把他關在體育室裡時，我們一起整過他！」陳廣圻狂亂的語無章法，「我一定要走，他會來找我的！」

法海放下了跨在椅子上的雙腳，眼眸閃過一絲光芒，芙拉蜜絲也微瞇起眼，怎麼……王宏一的攻擊不是隨機的？不是單純因為體育室陰暗，剛好有人落單，意圖嗜血？

「送他們回去，先送女生回去。」堺真里交代著，女生的命的確比較值錢。

法海站起身，似笑非笑的挑著嘴角，「要不要先送他回去啊？我怕不先送他回家他會抓狂。」

陳廣圻點頭如搗蒜，他要走！他現在就要走！但自治隊都皺起眉，送女性回去一向是首要，怎麼這少年一點都不懂事？

「沒關係的，我家離廣圻家很近，沒差幾號。」江雨晨識大體的說著，「我看陳廣圻這麼慌亂，多待在黑夜裡一分鐘，他只會更加不安。」

堺真里瞄向芙拉蜜絲，因為她家住最遠，還有……「法海，你住哪裡？」

「我叫……算了。」他已經懶得更正自己富有詩意的法文名字，「我自己能回去，不是問題。」

「那最後送法海回去就好。」堺真里交代著，「我進去拿裝備，我陪闇行使一起去。」

「不！」法海突然出聲，「不如由隊長送芙拉蜜絲回去比較好吧？」

咦？芙拉蜜絲皺眉，他現在扯她做什麼？她不必人家送的，小跑步一下就到了，如果鬼獸敢再來，她的長鞭已經繫上法器了！

「我陪闇行使去。」堺真里不在意他的提議。

「沒人能保證我們一路平安吧？」法海加強了力道，「我不是不相信這裡的自治隊員，只是萬一我們這邊被鬼獸攻擊，能有個強而有力的人在我會放心多了……女性也會放心得多。」

他認真的說著，眼尾悄悄瞟向了芙拉蜜絲。

咦！芙拉蜜絲一怔，剛剛法海是在對她使眼色嗎？要她開口嗎？「那個……闇行使，真里大哥的氣場強嗎？需要用到他嗎？」

法海扁了嘴，真是有夠白痴的！問他幹嘛！

「嗯……」闇行使沉吟著，搖了搖頭，「就我剛挑的人就夠了，這小帥哥說得對，嗜血的鬼獸速度很驚人，還是讓隊長跟著好。」

「真里大哥……」芙拉蜜絲立刻轉向堺真里，露出誠懇的拜託。

「我好怕……」江雨晨柔弱的哽咽出聲，已經充分領會芙拉蜜絲的用意。

堺真里遲疑著，他很擔心闇行使這邊的狀況，但是瞧他胸有成竹，已經轉身開始對同行的自治隊員講解安全守則跟作戰方式，再看見芙拉蜜絲跟江雨晨兩雙楚楚可憐的眼神，身上還掛著一個死揪著不放的陳廣圻，最終點了頭。

五分鐘後，自治所的門悄悄打開，闇行使帶頭直接往鎮上的西邊去，另一邊則由堺真里領隊，大家走上「佛號之徑」，小心翼翼往鎮中心去。

夜晚自治隊的夜巡，都會走在佛號之徑裡，那是特殊設置的，一整條路的路燈都繪有佛號、並且誦經加持過，每盞燈之間都有神社繩繫住，全部施以驅魔咒、護身咒，才能讓自治隊員安心巡邏。

佛號之徑通往鎮上的主要道路，面對各方均在射程之內，亮起的佛燈就會自然築成一片結界，妖鬼不侵，連低等妖類都能驅趕；而現在，就是藉這路護送學生回家。

闇行使給的蠟燭只是多一層防範，一旦燭火熄滅，多的是邪物在附近。

學生們都被圍在中間，前後是自治隊員，只是從離開自治所後，芙拉蜜絲滿腦子都在想鬼獸的事，還有陳廣圻的話。

「真里大哥，王宏一的媽媽知道下午的事了嗎？」

「嗯，通知了。」堺真里語重心長，「很難想像王宏一竟然會被鬼獸殺掉吞噬……而且還保有意識。」

「說不定那不是他的意識，通常鬼獸吞掉之後，只是操控靈魂體吧？」江雨晨有不同的見解，「而且，我還在想，芙拉看見的，真的是王宏一嗎？」

芙拉蜜絲不解的回首，「什麼意思？不然還有誰？」

江雨晨眨了眨眼，這還要問嗎？她難道忘了除了鬼獸之外，還有一個疑似魑魅的小乾！

啊啊！芙拉蜜絲頓時領悟，那個有著小乾外型的傢伙她差點給忘了。

「我比較好奇的是……王宏一的媽媽怎麼今天沒有到自治所叫囂？」後頭的法海幽幽出聲，「她應該會歇斯底里的跑過來責怪全世界都對不起她兒子，還有是不是阿草跟浩呆威殺了他，當然不忘強調她的兒子非常乖巧善良絕對不可能殺掉趙伯。」

稍早之前才看見趙伯的孫女小倩哭哭啼啼的從自治所離開，相依為命的爺爺屍體還沒找到，但根據阿草他們的證詞，趙伯已經去了，而且是被王宏一為搶劫打死的。

這件事下午才沸沸揚揚，結果不到兩小時體育室又出事，芙拉蜜絲還指出鬼獸有張王宏一的臉，讓整個鎮都陷入恐怖氛圍當中，但是——

「對啊，王媽媽為什麼沒有來護航？」芙拉蜜絲皺起眉，「我以為她會歇斯底里的指著我胡說八道。」

「是啊……王太太護子心切，不過她下午根本沒進自治所，還是我打電話跟她說阿草他們的正式筆錄。」堺真里嘆了口氣，「剛剛通知她說兒子成了鬼獸，她淡淡說了句騙人就掛上了，想是悲傷過度，也沒心情叫囔了吧。」

「嗯……」江雨晨悶悶的想著，「是嗎？」

是嗎？這個問題同時在好幾個人心裡響起，至少芙拉蜜絲認識的王媽媽才不是那種安靜的人，她口中的王宏一可是連一隻螞蟻都不敢殺，所以不會打人不會霸凌更不會威脅勒索，全世界就她的寶貝最善良，還孝順得要命都會拿錢回家，如果有行差踏錯，都是大頭他們害的。

「可不可以……不要再講他了！」陳廣圻的聲線顫抖異常，「我不想聽……我不想！」

「看來你跟王宏一樑子結得很深喔！」芙拉蜜絲這叫哪壺不開提哪壺，「我真沒想到竟然有人敢整他耶！」

「是嗎？妳就敢啊！」江雨晨回得超直接。

喂！芙拉蜜絲回頭瞪著她嘟起嘴，幹嘛講出來啦！「我只是勸告一下而已，誰叫王宏一他……」

「不要再說了！」陳廣圻突然歇斯底里的大叫，雙手掩耳，就地蹲了下去，「對不起對不起，我不是故意的，對不起……」

堺真里趕緊回身走來，將他一把拉起，不忘瞪芙拉蜜絲一眼，她委屈想辯解，江雨晨將她往後拉，悄悄搖頭，現在不是爭執的時候。

「沒事了，廣圻，你家快到了。」堺真里雙手將他撐起，「就在前面，你穩著點。」

陳廣圻顫抖著站都站不穩，芙拉蜜絲很訝異的看著嚇到臉色慘白的他，心裡狐疑他們到底對王宏一做過什麼？充其量就整整他而已，比起王宏一的所作所為怎樣都是小巫見大巫吧？

不過……像體育老師處罰他的事大家都知道，因為他太常暴力相向，也很常被關進體育室裡，今天下午王宏一在對付體育老師時，的確說了關於處罰的事。

莫名其妙，明明是他犯錯在先啊！

陳廣圻的家最先到，四個自治隊員將他圍成一圈，護送到家門口，其餘就繼續待在佛號之徑。

陳廣圻哭著進了家門，自治隊員再回到佛號之徑上，下一個是江雨晨家，期間堺真里時不時回頭，他的心懸在闇行使身上。

「應該沒事啦，闇行使都來了，希望可以快點把鬼獸解決。」江雨晨溫柔的安慰著，「只不過……解決完鬼獸，可以請他幫我們巡邏一次鎮上嗎？」

巡邏徹底，確定一下小乾的狀況。

「啊——」

淒厲的慘叫劃破天際，同時間附近住戶裡也跟著發出驚叫聲，大家都聽見了那響徹雲霄的慘叫聲；站在佛號之徑裡的人們動也不動，每個人都驚恐的回身看向聲音的來源……西邊，是闇行使的方向。

但是剛剛的叫聲，是人類的！

「蠟燭給我，我們自己回去！」芙拉蜜絲二話不說從自治隊員手上拿下蠟燭，「我們走在佛號之徑不會有事，真里大哥你快點去！」

「芙拉……」堺真里還在猶豫，但是遠處發生的事情讓他無法多做思考，「你們萬事小心！」

餘音未落，他已經一馬當先朝反方向奔離，其他隊員一邊把蠟燭交給他們，也火速的跟著隊長背影往前衝……芙拉蜜絲一人拿兩支蠟燭，憂心忡忡的看著遠去的背影。

「應該是來不及了。」法海出聲，「我們快走吧！」

「咦？什麼來不及？」芙拉蜜絲緊張的回身抓住他，「你是說、你是說——真里大哥他？」

「他來不及趕到現場。」法海微微一笑，「妳應該高興才對，如果趕得及，說不定剛剛跑去的那四個人都得死。」

江雨晨驚恐的掩嘴，法海言下之意是、是……「闇行使沒辦法殺死鬼獸嗎？」

「都已經嗜血成性了，那個闇行使根本能力不足，才會是游離派的。」法海搖了搖頭，「我們快走吧，我可不想再在外面待太久，誰知道什麼時候會遇上那些東西！」

「可是……」芙拉蜜絲焦急地想找堺真里，她想幫忙！

下午的鬼獸如此龐大無畏，就算自治隊眾人齊發，只怕不一定是鬼獸的對手……要是被吃了，只是徒增鬼獸力量罷了！

「芙拉，我們去的話，只會讓真里大哥分心而已！」還是江雨晨理智，她扣住芙拉蜜絲的手腕，往該前進的方向去，「快點走，我們到家安全了，才是幫大哥最大的忙！」

「江同學說得有理。」法海應和，逕自疾步往前走。

芙拉蜜絲被江雨晨這麼拉著，只得咬著牙先回家再說，按順序是先送雨晨回去、再來是她家，法海住哪兒她們也不知道，反正先到家再說了！

只是他們才匆匆的路過陳廣圻家，芙拉蜜絲手上燭火竟開始搖曳……她愣愣的緩下腳步，看著手上一雙蠟燭，江雨晨感受到她的遲疑，才轉過頭，就看見兩對橘色火簇……啪的熄了。

白色的煙從熄盡的燭芯中裊裊飄出，江雨晨僵硬的看著自己手上的蠟燭，煙自臉上飄過。

法海停下腳步，也轉過頭看向她們，他手上的蠟燭也熄了。

芙拉蜜絲詫異的越過江雨晨往她身後看，那棟是陳廣圻的家……佛燭只有在邪物存在的地方才會熄滅，那是一種警訊！

陳廣圻！

「我們走！」芙拉蜜絲從腰間取下長鞭，立刻吆喝，「他去找陳廣圻了！」

「……芙拉！」江雨晨驚叫著，「我們、我們這樣太危險了！」

「不會！」芙拉蜜絲緊緊握住法海其實很纖細的手腕，「有法海在，我們不會有事。」

咦？法海愣愣的看著她，突然感受到自己的手腕被握住了，咦咦咦——等一下！

「喂——我、我沒有說——」

「走了！」芙拉蜜絲伴隨著大吼，深吸了一口氣就衝出了佛號之徑，左手還死拽著法海。

「為什麼我要去啊！妳牽錯人了吧？」法海連腳都沒辦法好好碰地，「妳應該拉江雨晨啊！」

「雨晨，跟上！」芙拉蜜絲沒在理他喊什麼，一路直奔陳廣圻家門口，砰砰砰砰，「陳廣圻！開門！」

沒有幾秒，足音逼近，男人低沉的聲音傳來，「誰？」

「陳爸爸，快開門！我是芙拉蜜絲！」她焦急的嚷嚷，「陳廣圻在哪？他一定出事了！」

江雨晨焦急的上前拉住芙拉蜜絲，這太冒險了，如果這屋子裡有什麼，誰知道現在應門的是誰？「危險，萬一門那頭是那個的話……」

「不怕。」芙拉蜜絲竟堅定無比的說著，江雨晨不可思議。

喀噠，門閂鬆動的聲音傳來，門扇緩緩開啟，江雨晨驚恐地躲到芙拉蜜絲後面，她們該退後一點，芙拉站得太前面了。

咿——門被拉了大開，然後法海被推了出去。

「法海，GO！」

有法海在，她不怕啦！

江雨晨最後一個進入陳家，陳爸爸便飛快的把門給關上，每戶人家除了鐵門與木門外，最裡層跟窗子一樣，都會多一道木門，幾塊大木板片拼成的木門上寫滿咒文，稱為咒文板。最重要的是上鎖的木閂，上面也寫有咒語，一旦將咒文板緊緊扣上，不但是咒文板關妥了，也等於完成整個木門的封印法力，是最強大的保護之一。

「你們怎麼還沒走？我聽見尖叫聲就心慌。」陳爸爸憂心忡忡，「不過沒關係，躲進來總比在外面跑好。」

「呃？」原來陳爸爸以為他們是驚慌才躲進來嗎？江雨晨乾脆不解釋了，推著芙拉蜜絲的背催促她。

「謝謝！」芙拉蜜絲立刻焦急的問著，「陳廣圻呢？」

「在樓上……他今天是受夠了。」陳爸爸臉色凝重，所有人都被恐懼縈繞，「不過真的很謝謝妳！」他忽然上前握住她的雙手，「今天若不是妳在場，我只、只怕廣圻他也……」

芙拉蜜絲嚇到了，她並不認為自己救了陳廣圻啊！她連自己都差點被殺掉，一切只是幸運跟法海相助罷了……雖然他並不承認。

「沒的事……幸運而已！」芙拉蜜絲急著抽手，「我先去找陳廣圻！」

她抽回雙手，趕緊往前走，前方側身站著臉色難看的法海，他簡直不敢相信，芙拉蜜絲竟然把他推出去當擋箭牌！

「別生氣了啦！」她掠過法海身邊，「要事先辦。」

「辦妳個頭，萬一裡面真的有什麼，妳還真推我送死啊？」法海怒氣滿點，「還GO咧！」

「啊你明明就……」是闇行使啊！她後面幾個字用嘴型說的，「你不先走難道我先走啊！」

「廢話，我有說要進來嗎？」法海擰眉，他是被拖進來的耶！

「喂，你怎麼這樣，難道你忍心讓我跟雨晨單獨面對這一切？」芙拉蜜絲瞪圓了眼。

「為什麼不？妳就忍心把我推向虎口了。」法海哼的一聲轉過頭，「萬一開門的真的是那個，那我豈不是完蛋？」

「你怎麼會？你是那個耶！」這兩個人盡用代名詞。

江雨晨看不下去了，趕緊插話，「喂……陳廣圻……」

「啊！對！陳廣圻！」芙拉蜜絲懶得理法海了，疾步往前，樓梯就在前方，而樓梯下的房間正走出一臉狐疑的女人，「陳媽媽好。」

「……好好，廣圻在樓上，你們安靜點，其他孩子在睡了！」

「嗯！」芙拉蜜絲點了點頭，卻突然一陣寒顫。

她全身寒毛直豎，這種感覺再熟悉不過了，雖然她根本不想熟悉……她右手邊就是往上的樓梯，樓梯間沒有任何燈光，可是現在她能感受到有人站在樓梯上望著她。

遲疑著要不要轉過頭，她實在不喜歡期待在轉角遇到怪物。

「怎麼了？」不知情的陳媽媽還在敦促，「不必不好意思，今天多謝妳救了廣圻，就上樓吧！」

芙拉蜜絲倏地抵住陳媽媽，不讓她掠過自己身前往樓梯上走，不得已地抬首往黑暗的樓梯望去！

樓梯上的的確確有個身影就站在那兒，朝著樓下瞧。

不像鬼獸，因為有著近似平常人的身體，可以說是一般人的體型，白色的衣服看起來像……像制服？

啊！難道是小兵他們的覺魂嗎？芙拉蜜絲倒抽一口氣，立刻邁開步伐往上，那影子卻咻地也跟著往上跑去！

「不要急！」法海的聲音從後面傳來，同時拉住了她，「還沒搞清楚是什麼！」

「可是……」芙拉蜜絲都已經上了兩三階了。

『嘻……嘻嘻……』笑聲從樓上傳來……不是樓上，芙拉蜜絲瞪圓雙眼，在她的正頭頂。

倏地抬首，赫見一張帶著鞭痕的臉攀著上方的扶把伸頸而下，他那滿是蛆蟲鑽動的臉就在芙拉蜜絲的鼻尖，惡臭撲鼻而來。

「啊啊啊——」芙拉蜜絲立刻驚叫向後，法海及時攙住了不穩的她，她一點猶豫也沒有的向後延展手臂，狠狠的甩出一鞭。

「等、妳等一下！」法海大喊著，「不要破壞別人家傢俱啊！」

啪啪連著數聲揮鞭，嚇得陳家父母錯愕非常，但芙拉蜜絲哪管這麼多，她再登上一步階梯，手撐著扶把居然咻地就跳上去了。

「怎麼回事！」陳媽媽不解的大喊著，江雨晨趕緊趨前攔下要衝上去的廣圻父母。

「別動！你們待在樓下別動！」她又懼又急的往樓上看，法海已經奔上去了，她應該要阻止別人出來的！「其他孩子在哪？」

她得阻止其他小孩出來啊！

芙拉蜜絲衝上二樓時，什麼都沒瞧見，但惡臭味並沒有消散，她謹慎的環顧四周，眼前是個小玄關，附近有幾間房間，卻不見鬼獸蹤影。

「做、做什麼？」顫抖的聲音來自於身後，追上來的法海回身，是蒼白的陳廣圻。「芙拉？」

「陳廣圻！」芙拉蜜絲只差沒喊謝天謝地了，趕緊回身走過去，「你快走！這裡不能待！」

「什麼……什麼意思？不要過來！」陳廣圻縮著身子，伸手按開眼前的電燈開關，「你們跑來我家幹嘛！出去啊！」

他的情緒並未回穩，歇斯底里的嚷著，手裡緊抱著換洗衣物，急匆匆的就想進浴室把門甩上，不想再看到芙拉蜜絲！

日光燈啪的閃爍一下，要衝進去的陳廣圻怔然，赫見某個不該出現的身影，此時此刻卻站在他家浴缸裡……穿著制服，臉上有一條焦疤的──王宏一！

『嗨，我來了。』王宏一劃上微笑。

「哇啊──」陳廣圻拔聲尖叫，芙拉蜜絲已經奔來，揮手就是一鞭！但是浴室極其狹窄，她的長鞭施展相當有限！

不過芙拉蜜絲反應相當快，她一發現手部無法揮動自如時，立刻上前將陳廣圻拉出浴室，自己連連退後幾步，在外頭揮動長鞭，讓尾端往王宏一掃過去……但是，聰明的人是不會在同一個地方跌倒的。

鞭子穿過了瞬間模糊的王宏一，鞭子尾端擊上鏡子，鏗鏘聲響鏡子應聲而碎，芙拉蜜絲來不及吃驚，一股壓力立刻從背後傳來！

「芙拉蜜絲！」法海的聲音響起，她卻連反應的機會都沒有，只覺得自己被一股力量往裡推──她身邊還跟著陳廣圻，他們一起被推進來了！

啊！她撞上浴缸，踉蹌的跌坐在地，浴室裡的日光燈閃爍頻率相當快速，讓人眼睛甚不舒服，芙拉蜜絲甚至沒辦法好好的留意四周。

『仗勢欺人是吧……』一雙青灰色的腳倏地出現在她眼前，『潑水很有趣呢！』喝！芙拉蜜絲才要動作，那腳竟直接從她胸口踹了過來，狠狠一腳將她往門後踹滑而去！

「呃啊——」她向後滑到門後角落，重重撞上牆又往前彈，胸口傳來劇疼，她幾乎無法呼吸——「啊啊……」

好痛！芙拉蜜絲痛苦地趴在地上緊握雙拳，她的胸口痛死了！張大嘴想要呼吸，卻只吸入腐爛的惡臭氣息……眼睛泛出淚水，這種燈光閃爍讓她極其難受，不得不用力眨眼。

撐著身子抬首，看見的是被拉進浴缸裡的陳廣圻，他連站都站不住，被鬼獸徒手揪著領子，吊在半空中。

「不……對不起對不起……」陳廣圻嗚咽出聲，「我不是有意的，就只是、只是……」

『潑我水時很爽嘛！現在老師不在了喔！』王宏一的聲音變得比下午更加清晰，芙拉蜜絲完全聽得出來那是誰了。

事實上，牠也不再是下午那龐然大物，已經像是平常的人一般大小了。

『敢這樣對我……世上沒有人可以這樣對我。』芙拉蜜絲看不清楚，只知道陳廣圻陡然掉落，摔在浴缸裡發出哭聲。『我是最棒的、最優秀的……』

鞭子……芙拉蜜絲難受的想摸索長鞭，卻發現落在外頭，她現在連爬過去的氣力都沒有，身上還有什麼？手腕上的天珠也繫在鞭子上了，頸子上有護身，但是、但是對鬼獸根本無用，牠一腳就踹過來了啊！

「對不起……」陳廣圻啜泣聲不止，「我只是覺得你、你有時候太過分了，我們、我……」

『過分？』王宏一的聲音像在笑著，『我做什麼都是對的……』

芙拉蜜絲聽見蓮蓬頭架上Y型架，喀噠一聲，然後是調整位置的聲音，她扶著牆壁撐起身子，看見陳廣圻跪坐在浴裡劇烈發抖，而王宏一則彎身伸手向水龍頭。

牠的手伸向左方……熱水！

「住手……」芙拉蜜絲好不容易能開口，「不要、不要再殺人了……」

王宏一停凝了幾秒，轉過來看著她，視線不清，她看不清牠的臉，但知道是在看她。

『人，很好吃妳知道嗎？』牠咧開嘴在陳廣圻耳邊說著。

「嗚啊啊！我不要——」陳廣圻果然歇斯底里，慌亂跳起想衝出浴缸。

說時遲那時快，王宏一扭開了水龍頭。

唰——嘩啦，一秒後蓮蓬頭裡灑下了水，澆淋在陳廣圻身上，他驚恐的叫聲不止，抹了抹臉，然後突然一怔。

「哇啊！好燙——好燙！」他瞬間跳了起來，「水好燙——」

高熱的白煙從蓮蓬頭出水口孔冒出，陳廣圻痛得在浴缸裡跳著，蓮蓬頭因為高熱而融化，水開始大量噴發，而水蒸氣迅速充滿了整間密閉的浴室，連芙拉蜜絲都能感受到高溫的水氣！

「哇啊…………哇呀哇哇好燙！好……」陳廣圻淒厲的叫聲不絕於耳，但卻急速的虛弱進而終止，最終芙拉蜜絲只聽見他滑入浴缸的聲音。

浴室裡一片煙霧瀰漫，芙拉蜜絲什麼都看不清。

「……陳廣圻！」她喊著。

好熱！閃爍的燈光加上水氣遍佈，她根本等於失去了視覺，芙拉蜜絲維持警覺的站穩，但是再怎麼向後也只是牆角，她根本無處可逃啊！

『他熟了。』王宏一的聲音自正前方傳來，芙拉蜜絲嚇了一跳。

她不知道自己還有什麼可用的東西足以對付鬼獸，沒有法器、只剩下……咒文，對，她背過的驅魔咒，為什麼現在腦袋一片空白什麼都想不起來！

王宏一在哪裡？牠想幹嘛！

『熟了就不好吃了……』令人毛骨悚然的笑聲傳來，『我要更多的……血──』

在水霧中，冷不防衝出了一張滿是腐膿的臉，張大了滿是利齒的嘴，就朝著芙拉蜜絲的臉衝過來了。

「哇啊──」她瞠著雙眼扯開嗓子，一切都疾速未及！

電光石火間，一隻手從她右邊伸出，張大的手掌啪的抵住衝來的鬼臉！

「適可而止。」清脆的聲音帶著警告，卻鎮定從容的響起。

緊接著是不可思議的低喃聲，那是咒文，芙拉蜜絲已經無法分辨是什麼咒文了，但她無法眨眼的雙眸卻看著抵著鬼獸臉龐的五指發出橘紅光芒，像是烙鐵一般正灼燒著鬼獸的臉。

『哇啊！啊啊啊──』鬼獸痛苦的大吼著，但是牠卻、卻掙不開那掌心？『呼吼吼吼──』

咒文未止，鬼獸只有激烈掙扎扭動，但無論身體如何使力，就是完全離不開那並不大的手掌……一直到咒文聲音止息，那白淨的手輕輕一推，將鬼獸向後推個老遠——

『呃啊……敢欺負我！你……』聲音陡然停止，芙拉蜜絲甚至沒有聽見有東西摔落在地的聲音。

頭頂上的日光燈停止閃爍，再一次黯淡後重新亮起，一如往常。

水蒸氣從門縫中散去，芙拉蜜絲這才意識到門曾幾何時被打開了，法海輕柔攙起她的上臂，但是她胸口疼得幾乎站不直身子，直往他身上倒去。

法海抱住她的身體，她無力狼狽的依在他身上，外頭是狂亂的驚叫跟雨晨力阻的聲音，她正圈著陳廣圻其他弟妹，請陳家父母先不要妄入，因為尚不知浴室裡發生了什麼事。

散去的水蒸氣還給芙拉蜜絲清楚的視野，她用力眨了好幾下眼睛，全身濕透，不知道是被冷汗浸濕，抑或是那水蒸氣。

然後，她看見了趴在浴缸邊緣的陳廣圻。

他側首貼在浴缸邊緣上，隻手無力垂下，那瞪圓的雙眼裡白濁一片，肌膚死白，毫無血色。

像呈在餐桌上的豬肉一般，熟了。

第八章

這夜，是近年來最忙碌的一夜。所有自治隊員在夜裡動了起來，透過佛號之徑辦案，運送遺體及傷患進醫院；他們幾乎動用了所有法器與咒文，勉強平安的撐到了天亮時分。

陳廣圻表層皮膚全數燙熟，是沸水直接潑灑的緣故，熱水陸續噴灑在陳廣圻身上，逐漸烹熟他的肌膚，雖然一旦熟了就不會有痛苦，但過程依然有著劇烈疼痛與驚恐。

而芙拉蜜絲被送往醫院，經過檢查後應無大礙，她起初喊疼的胸口只是遭到輕微挫傷，是瞬間的重擊導致她難以呼吸，加上過熱的水蒸氣以及遭遇鬼獸的心理壓力加在一起，才讓她不適。

法海抱她離開浴室時，她已經失去意識，在外面護著小孩的江雨晨催促通知自治隊，緊接著是陳廣圻的爸媽進入浴室，發出心痛的悲鳴。

而種種事件最令人難以想像的是——鬼獸入侵了民宅！

家，應該是最安全的地方，從牆到門乃至於窗都有著重重防範，滴水不漏，若非高階妖族或是魔物根本不可能進入，但是……但是區區一個末流的鬼獸就這麼堂而皇之的進入陳家，還用邪法滾水烹熟了他。

這件事非同小可，究竟是因為鬼獸連續嗜血變得力量更強不畏懼咒文封印？還是陳廣圻家的咒印有問題？

事已至此，大家終於興起了請闇行使前來的決心，偏偏最讓人想依靠的闇行使卻……

「隊長。」小組長帶著倦態走來。

堺真里在醫院外頭，他們抱著一桶又一桶的物品，上頭用布覆蓋著。

「撿完了嗎？」他凝重的問。

「差不多了，找不到頭。」小組長搖搖頭，「我們附近都搜過了，就是不見闇行使的頭顱。」

「應該被吃掉了！」堺真里嘆了口氣，「這樣子其實不必鑑定什麼死亡證明了，直接送去給法醫。」

小組長點頭，身後跟著一排隊員，他們手上抱著的是支離破碎的闇行使以及跟去的三名隊員；前晚堺真里率著其他隊員衝往闇行使的現場時，只看到在西郊的一處空地上，滿佈著血紅的碎屍塊，碎到每一片都比自己的掌心小，而三個隊員的頭顱掛在上頭的樹稍，隨著晚風晃呀晃的。

沒人知道當時那邊發生了什麼事，只知道隊員連同闇行使全成了碎片，他們遭遇了什麼沒人敢想像，但從劃破天際的淒厲叫聲便可想而知；堺真里還在震驚之際，陳廣圻卻發生慘劇，為什麼鬼獸能侵入住家已是大問題，然而第二個問題是——這是同一個鬼獸所為嗎？

先在西邊殘殺了闇行使跟自治隊員後，再立刻趕往陳廣圻家，登堂入室毫無阻礙？這件事匪夷所思，時間幾乎發生在同時……但是當詢問陳家人時，大家卻沒辦法說出正確時間與狀況，連江雨晨都只記得自己衝上二樓護著因聲音醒來的其他小孩，接下來的事卻變得模糊。

他們只記得叫聲、鬼獸伴隨著浴室閃爍的燈光現身，然後明明退出來的芙拉蜜絲跟陳廣圻又被推進去，浴室門甩上……下一個印象就是法海抱著芙拉蜜絲出來，陳廣圻已經熟透了。

中間的慘叫聲有印象，聽見陳廣圻喊好燙好燙，可是其他的細節卻因為驚恐而記不清了。

最關鍵的人剩法海跟芙拉蜜絲，一個還在昏迷，一個幾乎一問三不知。

「別看我了！」法海喝著水，堺真里一上來就盯著他不放，「該講的我都講完了。」

「你那叫講完了？聽到尖叫，進去把芙拉拖出來？」堺真里搖了搖頭，「鬼獸呢？他怎麼會輕易的放過你？」

「我不知道。」法海聳了聳肩，「我進去時什麼都沒有也看不見，我只知道有人卡在門後面，定神一瞧是芙拉蜜絲，就抱出來了。」

法海說得超級稀鬆平常，堺真里很難相信！鬼獸沒有趁機嗜血以增加力量？反而蒸熟陳廣圻就罷手，放著活生生的芙拉蜜絲不管，就這麼跑了？

「這樣不是鬼獸的風格。」堺真里低沉的說。

「基本上闖入民宅就不是了吧？」法海認真的看他，「家家戶戶都是堡壘要塞才對，鬼獸今天能這樣進去陳廣圻家屠殺，下次也可以進你家。」

「嘖！」法海說到最令人擔心之處，堺真里眉頭皺得更緊了。

他覺得法海有所隱瞞，但是他卻說得如此自然，彷彿當時狀況就是如此；堺真里沒在現場也無法置喙，現在就只能等芙拉醒來了！醫生說她沒什麼大礙，只是受驚過度，才一時昏了過去。

她的父母都守在病床邊，一夜未層闔眼的江雨晨也待著不走，淚流滿面的縮在一旁沙發上睡去；芙拉蜜絲的父親一看到堺真里進來，立刻站起，他趕緊請芙拉父親坐下。

「真抱歉，芙拉她……一直捲入這些事端。」父親嘆氣，「我女兒我知道，衝動起來根本什麼都沒在理的！」

「芙拉善良，本來就無法坐視不管，雨晨說他們在陳廣圻家外一看到蠟燭熄滅，她二話不說就衝到陳廣圻家了。」

對！超衝的！尾隨在後的法海翻了白眼，雨晨怎麼沒說芙拉蜜絲把他推進去那一段？

「她這孩子就是這樣叫人擔心，這一次、這一次是幸好沒事，跟鬼獸待在同一個地方……啊！」母親焦急旋身而起，「堺隊長，為什麼鬼獸能進屋呢？」

「這我們也還不清楚，我已經請闇行使來了！這次的鬼獸已經超出我們能應付的範圍了！」堺真里沉重的說道，「從芙拉身上掛了這麼多法器，但牠依然能傷害她就知道了。」

啊啊，連家都能入了，還有什麼擋得了什麼兇猛的鬼獸？

「讓宏一他媽媽試試有沒有用？」母親突然提出了建議，「如果那鬼獸真的是王宏一的話……」

「不成，嗜血的邪物只會越來越邪惡，或許前兩天還認得自己母親，只怕現在不認得了。」堺真里立刻拒絕。

「但是那個鬼獸保有原本的意識，也就是當惡鬼吃掉王宏一後，他的靈魂是一起結合的，而且醒著。」法海倚在門邊，幽幽的說著，「在體育館時，他還細數體育老師對他的責罰，所以這裡——」他指指腦子，「是有記憶的。」

王宏一的記憶。

堺真里現在心煩意亂，他知道有很多端倪跟線索，但現在卻沒辦法仔細釐清，光是思考殺死闇行使跟陳廣圻的是不是同一隻、為什麼家會被入侵，就讓他心力交瘁了。

「嗯……」病床上的女孩幽幽轉醒，眨動的睫毛輕顫，好不容易才睜開雙眼。

咦？她望著白色的天花板，湊過來滿臉擔心的父母們，還有真里大哥？她怎麼了？怎麼在這裡呢？

「芙拉，芙拉妳醒了！」媽媽哽咽著，「醒了就好！就好！」

「哎……」芙拉蜜絲不太清醒的用力眨眼，「我怎麼……啊……」

想坐起身的她覺得胸口一陣疼，咬著唇蹙眉，父親趕緊攙著她坐起，她環顧四周，看見的是仍睡著的江雨晨……真里大哥……啊！

「陳廣圻！」她忽地瞪大雙眼，「陳廣圻呢？」

堺真里搖了搖頭，「芙拉，妳先別激動，陳廣圻發生了什麼事，我還得問妳呢！」

「陳廣圻他……」芙拉蜜絲闔上雙眸，立刻看見在水蒸氣中，伏在浴缸邊緣的熟肉，白色渾濁的眼睛，「他的眼睛變白了……」

「那是因為眼球水晶體跟蛋白一樣被蒸熟的關係吧！」法海出了聲，芙拉蜜絲飛快地向右看去，搜尋他的身影！「所以陳廣圻的眼睛居然沒闔上啊……照理說那種狀況，眼睛會自然閉上的，他大概是被控制了。」

啊，法海在……芙拉蜜絲突然鬆了口氣，大家都沒事，真是太好了。

「對，他闔不上！王宏一一扭開水龍頭後，他喊好燙時眼睛就沒閉過，只有兩秒我還是有看見！」芙拉蜜絲的記憶飛快回復，「我聽見陳廣圻喊著好燙，在浴缸裡激動的跳著，接著沒了聲響跌下去……那時我被踹到門後面痛得動彈不得，呼吸困難就算了，高溫水蒸氣也嗆得我難受……」

話到這兒，芙拉蜜絲停住了，她混亂的表情讓堺真里不安，「然後呢？王宏一他怎麼了？」

「他……」芙拉蜜絲臉色鐵青，「他突然從水蒸氣裡衝過來，我根本只看到嘴巴，那真的不是人，一張血盆大口裡滿佈的利牙，對著我的頭就——」

「天哪！」母親激動的緊抱住芙拉蜜絲，「別再涉險了好嗎，芙拉！」

「他沒有攻擊妳嗎？」堺真里不可思議，鬼獸怎麼會放過嗜血的機會！「他應該已經失了理性，只要血啊！他朝妳衝過來，然後呢？」

「我……我不記得了。」芙拉蜜絲怔怔的開口，「我……好像昏過去了？」

側邊無人留意的法海悄悄揚起笑容，再啜飲了一口水，眼神流轉，卻不經意的發現沙發上的江雨晨不知何時已醒，正目不轉睛的看著他。

法海沉下眼神，依然與之對望，江雨晨也不發一語，只是抱著雙膝凝視著他。

「不記得了？那妳、妳記得法海進去救妳的事嗎？」堺真里再追問，他真不希望聽見不記得這三個字。

法海？芙拉蜜絲愣愣的看過去，法海這才緩緩回首，衝著她淺笑。「我不記得，我真的……一片空白。」

「大哥。」江雨晨正首，下了沙發，「那種情況芙拉怎麼記得？她能活著已經是萬幸了。」

堺真里緊握飽拳，他多想知道細節，多一份線索就多一份希望啊！

「妳說我們一走就發現蠟燭熄了，正確的時間知道嗎？我們到底走多久了？」他決定換個角度思考。

「一下子而已，先發現的是芙拉……我記得沒有一分鐘吧？」江雨晨回憶著，「你們離開，芙拉原本想跟，但是被我們阻止後就決定回家了。」

想跟？病房裡所有人不約而同白了芙拉蜜絲一眼，她心虛的往牆角看，「那個，搞不好還看得見大哥的背影，蠟燭就熄了！」

堺真里覺得有塊石頭沉進他心底，使勁的往病床上一擊，「該死，是同時。」

「同時？」芙拉蜜絲不解的問著。

「闇行使跟自治隊都死了，隊長趕去時已經來不及，但是尖叫聲跟你們發現陳廣圻家有邪物是同時，所以……」芙拉蜜絲的父母互看一眼，不安之情溢於言表。

所以，有兩個鬼獸？

「兩個嗎？不……」芙拉蜜絲回想著遇到的小兵跟大頭，他們不是鬼獸，只是覺魂，並沒有變形也沒有龐大——「等等，我想到一件重要的事，大哥，王宏一已經變小了！」

「變小？」

「不是鬼獸的樣子，他的臉跟身體越來越像平常的模樣，我覺得很不對勁，跟所學的都不一樣！」

因為鬼獸是源自於地獄爬出的惡鬼，他們原本猙獰巨大，背部佝僂，但是四肢特長，指尖為利爪，看起來是皮包骨、瘦骨嶙峋，頭上有角，嗜殺嗜血，五百年前法則扭曲後爬上人界，卻因為容易被法器壓制，加上法則變化，越變越小，但卻不改其性質，用邪法隱藏在各處，一有機會就吃掉人類，或是直接佔據人類的身體，奪其意識與靈魂。

爾後就成鬼獸，巨大殘虐，結合了人類心底的黑暗面，利用生前的不甘或是未完成的願望以加強，鬼獸就成了殘暴且只知屠殺的怪物了！而他們的邪惡會隨著嗜血的次數而增加，從未有過變小的例子。

而絕大部分的惡鬼都被隔絕在無界森林外，所以他們不懂為什麼王宏一會跑去那個地方？他先是搶劫未果、殺了趙伯、小兵跟大頭，然後呢？去無界森林做什麼？

堺真里聞言只有益加煩惱，芙拉蜜絲跟江雨晨交換著眼神，他們好想提示小乾的事，但是又說不出口，如果兵分兩路，只怕殺掉闇行使的是小乾……魑魅的手法一向也不輸鬼獸，死無全屍也是司空見慣的事。

只是，魑魅不妄加嗜血，他們變態得多。

「大哥，小乾這幾天還好嗎？」芙拉蜜絲莫名其妙提出問題。

「咦？怎麼問起他？他待在家裡，只是精神有些不穩定。」

芙拉蜜絲跟江雨晨交換了眼神，待在家裡？如果是魑魅，怎麼有辦法在家裡待著？難道那真的是小乾嗎？那晚攻擊她的是別人？

「不說這個了，我要先讓家家戶戶徹底確認自己家的封印，不能讓鬼獸再侵入！」堺真里深吸了一口氣，「等等會有人再來跟妳做詳盡筆錄，我必須再去處理事情……失陪了。」

堺真里行了禮，芙拉蜜絲的父母也回說辛苦了，接著他便匆忙走出；芙拉蜜絲望著他的背影，心裡有著很不好的想法，因為真里大哥能平安無事，真是太好了……如果昨晚他跟闇行使一起去的話，只怕現在就……

昨晚，原本真里大哥是要跟闇行使一起走的……芙拉蜜絲不由得看向法海，是法海阻止了他。

「芙拉，我去辦出院手續，妳先休息一下。」父親低聲交代著，「不許妳再亂來。」

「我沒亂來啊！」芙拉蜜絲委屈的咬著唇，「爸，難道要我見死不救嗎？」

「問題是妳要救人也得掂掂自己的斤兩啊，妳拿什麼救人？」母親不悅的低斥著，「這兩次是妳幸運，我不知道為什麼王宏一放過妳，但他是鬼獸，是對血腥瘋狂的怪物啊！」

芙拉蜜絲只是緊抿著唇，她早知道一定會這樣，大家都只會罵她，但是她想的是……說不定她是可以戰勝鬼獸的！在體育室時她有這種感覺，所以信心倍增，但是爾後當王宏一踹她那腳時，她的信心幾乎都瓦解了。

胸前護身符如此之多，卻不足以對他造成傷害？

可是最後……她卻還能全身而退，為什麼？芙拉蜜絲認真的想回憶起什麼，卻發現腦子裡只有空白。

但她卻覺得，這段記憶不該空白。

「別再涉險了，媽沒辦法再承受失去妳的痛苦。」母親哽咽的說著，「我無法再承受一次……」

啊啊……芙拉蜜絲立刻張開雙臂緊緊擁住母親，她知道她的魯莽勾起了媽媽對大弟的回憶，那體液被抽乾的屍體在樹梢晃盪著，如此駭人，耳邊傳來的只有母親淒楚的呼喚聲。

但是母親不知道，逃避不是解決事情的方式，她不是在涉險，而是不希望終其一生在恐懼中度過。

「沒事就好，我累了，先回去了。」法海出聲道別，「艾爾頓太太，再見。」

「啊，你叫……法海對吧，這次謝謝你了！」

「我、是、Forêt！」法海堆滿笑容的更正。

母親皺眉，那個單字在喉間打轉就是發不出來，只能賠著笑臉再三道謝。

「法海！等等！」芙拉蜜絲嚷著，一掀被角就要起身。

母親回身忙不迭地壓住她，是在心急什麼啊！「躺好，沒說妳能下床了！有話好好講，不要老是這麼莽撞。」

芙拉蜜絲又一臉委屈，母親只能搖頭，交代著去幫忙辦手續，識相的離開病房，感覺女兒跟這位漂亮的男孩有很多話想說。

「睡得飽嗎？」母親前腳才走，法海立刻笑著問。

「睡什麼飽！」她咕噥，「我是要跟你道謝，剛剛聽說是你進去救我的。」

「沒什麼。」法海聳了聳肩，「門一轉就開了，我比較好奇妳幹嘛不開門出來？」

「咦？喂，我那時被踹一腳滑到牆邊，痛到都站不起來了還出門？」她沒好氣的唸著，

「而且王宏一在裡面，他不像之前龐大醜惡，但是卻更讓我膽寒，那種笑容、那說話的方式，

那個像人的樣子……」

「嗯……我只怕事情往更糟的方向發展了，聽妳媽的話，不要再捲進任何事了。」他邊說，一邊轉向床尾的江雨晨，「江同學也不宜再被妳拖累。」

「我沒有覺得被拖累。」她嘟著嘴，「法海，我對你有很多疑問。」

「但不是每個問題都需要答案。」他笑著，打了個呵欠，「我真的累了，要回去睡覺，記住不要隨便出門惹事啊！」

芙拉蜜絲蹙著眉看向他要離去的背影，緊揪著被子的手越握越緊，「法海，你是不是早知道那個闇行使會死？」

法海止住了腳步，長長的睫毛低垂，面無表情也沒有回身。

「我想過了，你那時阻止大哥跟著闇行使去就很奇怪，他是隊長，理應是他跟著闇行使去，不過你卻突然阻擋。」芙拉蜜絲凝視著他的背影，「慘叫聲發出時，你還說：來不及了。」

江雨晨深表贊同，也上前一步。「我也覺得奇怪，為什麼芙拉明知道陳廣圻家可能有邪物卻不怕，還把法海推進去……你們是不是有事瞞我？」

芙拉蜜絲尷尬的看向雨晨，老實說這件事雨晨不該知道……

「讓堺真里活著不好嗎？」法海的聲音依然好聽，但是此時此刻的語氣卻冷漠得讓人詫異。

他終於轉過身，笑容不再，眼神透露出超齡的冰冷，「我不想受矚目也不想蹚渾水，什麼該懂、什麼事不該說，妳們應該很清楚。」

他輕闔雙眸，再睜開，拋下警告意味濃厚的眼神，逕自往外步去。

「芙拉蜜絲，回去檢查家裡吧。」

他的聲音從外頭傳來，即使他已經失去了人影。

江雨晨已瞭然於胸，法海只怕是闇行使之類的，但是他想隱藏身分，因為一旦曝光，就難見容於社會……不過，她不由自主的看向芙拉蜜絲，他剛剛撂了一句什麼？

檢查她的家？！

鎮民大會選在正中午在鎮民廣場前召開，鎮長語重心長的告訴大家非得請闇行使來的原因，芙拉蜜絲完全搞不懂這有什麼好難受的？再不請專家來，他們遲早會就吃乾抹淨。

芙拉蜜絲被問完筆錄後就直接趕去廣場上，嘈雜一片早預料得到，就算鎮長用麥克風在上面講得口沫橫飛，依然蓋不過台下的聲音。

「芙拉！」兩個人影鬼鬼祟祟的接近，嚇了她一大跳。

回過身看見兩張削瘦慘白的臉，「阿草？浩呆威？你們怎麼……臉色這麼差？」

「我已經兩三天沒睡了。」阿草擰著眉，「昨天晚上，妳在陳廣圻那邊對吧？」

芙拉蜜絲挑眉，隨口應了聲。

「我聽見王宏一在叫我，就在我床的窗戶邊。」浩呆威壓低了聲音，極其痛苦，「他甚至用指甲刮著我的窗戶……」

「咦？窗戶不是……」也有咒文板嗎？

阿草連忙點頭，「妳不懂嗎，他已經不怕了！他都可以進陳廣圻家了！他像是在告訴我們，下一個、下一個就是我們了！」

「為什麼？」江雨晨驀地提問。

嗯？阿草跟浩呆威同時瞪圓了眼，彷彿她問了詭異的問題。

「為什麼你們認為他會找你們？」芙拉蜜絲也勾起嘴角，「鬼獸照理說是沒目標性的不是嗎？」

「可、可是……」阿草慌亂的搖著頭，「可是他目前為止的行為是有目標性的啊！」

哦？芙拉蜜絲立刻左顧右盼，把這兩個同學往後頭角落帶，遠離了鼓噪的大眾。

「你們怎麼知道王宏一有目標性？」芙拉蜜絲瞇起眼，「陳廣圻跟王宏一有什麼過節嗎？」

浩呆威跟阿草深吸了一口氣，兩個人面有難色，「宏一的個性我們都知道，之前體育老師就懲罰過他，關在體育室不是一兩次的事，陳廣圻他們幾個會趁機……落井下石。」

「跟水有關嗎？」芙拉蜜絲只能想到這點，「潑水。」

「妳怎麼知道！」阿草顯得很詫異，「我以為這是秘密，宏一跟妳說的？」

「呿！我跟他什麼交情，他會跟我說？」芙拉蜜絲扯扯嘴角，「因為他用水澆熟陳廣圻時，有提到潑水的事……還有昨天在體育室時，也提到那些人是仗著體育老師整他。」

「欸……是，體育老師抓到他抽菸，還有勒索一年級的，趁操練課時把他關進體育室裡，讓陳廣圻他們把風看著他。」浩呆威很無奈的說著，「結果他們趁機整宏一，畢竟有老師壓著，我知道他們還有接水管噴他，也趁機打了他一頓，警告他不要太囂張。」

「噢……就這樣？」芙拉蜜絲有些難以理解，「這些跟王宏一平常做的比起來是小事吧？他惡霸事情做得那麼多，別人就不能這樣跟他玩一下？」

「芙拉，這不是冤冤相報的時候啦！」江雨晨永遠乖巧，「不能說因為王宏一欺負人，別人就可以欺負他啊！」

芙拉蜜絲圓著雙眸，不明所以，「為什麼不行？」

她不懂，難道要悶不吭聲的任王宏一那種爛咖欺負嗎？他可以把一年級的壓在地上踩，拉著領子玩，那自然也該承受過一次這種體驗吧！

「芙拉！」江雨晨更是驚訝，「這樣子沒完沒了的啊，妳看……鬼獸吃了王宏一還保有他的意識，針對這些執念在秋後算帳！他現在是邪物，陳廣圻他們就成了犧牲者了！」

「所以我們就要想辦法把他解決掉！」芙拉蜜絲根本沒在聽江雨晨的苦勸，「等闇行使來一定來不及，照阿草說的，搞不好你們兩個連明天的太陽都看不見！」

嗚……阿草跟浩呆威哭喪著臉，他們是來問一下狀況的，不是來被詛咒的啊！他們已經夠害怕了。

「那……王宏一的目標是什麼？如果他是有目標的，那接下來呢？」江雨晨眨了眨眼，「你們兩個？不是一夥的嗎？」

阿草跟浩呆威兩個拚命搖頭，「我們不知道啊！會不會是不支持他搶劫，所以……」

芙拉蜜絲心情倒是好多了，如果王宏一真的是有跡可循，說不定不必等到闇行使來……她要帶上法海，然後請出特殊法器，複習咒文，絕對不想輸給王宏一！

「都是妳！都是妳兒子！」一陣令人鼻酸的哭聲歇斯底里的傳來，「妳兒子殺死我們孩子了！」

嘈雜聲頓時安靜，陳廣圻的媽媽指著王媽媽哭吼著，同時間小兵、大頭的、其他同學的媽媽，甚至是體育老師的妻子都站了出來，他們忿忿的包圍王媽媽，傷心與怒火全發到她身上。

「夠了！」堺真里就在現場，阻止這種以悲慟為名的傷害，「王宏一是被鬼獸吃掉的，與王太太無關。」

「那是她兒子……鬼獸會利用人的黑暗，她生前放任她兒子逞兇鬥狠，現在死後被鬼獸利用了！」大頭父母激動的指責著，「生前威脅我兒子當他跟班，他這麼善良，想阻止他搶劫還被打死！他死得好冤啊，都是妳教的好兒子！」

「生前死後都要這樣作孽……我的孩子啊！」小兵的母親哭得泣不成聲，眾人你一言我一語的開始攻擊。

芙拉蜜絲往前幾步，卻看見小乾的母親緊護著小乾，用一種幸好我兒子沒事的神情抱著他；而小乾依舊是那樣潔白乾淨，面無表情的任母親抱著，好像知道她湊近似的，眼神突然朝她這邊瞟過來。

不、不怕！芙拉蜜絲催眠自己，迎視著他，說不定他只是失常。

「哈、哈哈哈！那是你們兒子該死！」王媽媽竟大笑起來，指著眼前每一個悲痛欲絕的父母，「宏一本來就是個好孩子，都是你們這些人帶壞他的！大頭、小兵……連體育老師都敢暗中欺負我兒子，關他進體育室！」

「王媽媽怎……打擊太大，失常了嗎？」江雨晨絞著雙手，憂心忡忡。

芙拉蜜絲看著還在大笑的宏一母親身影，瞇起雙眸，「不，她……她一直是這麼覺得的。」

一直以來，不管王媽媽到校處理過多少件王宏一的事，她其實從來不認為她兒子有犯錯吧？他是不得已的，是別人逼著他使壞的，是同儕的壓力感染了他……連勒索錢財都是為了孝順她。

「尤其是——」王媽媽繼續大吼，面露兇光的環顧四周，然後轉過來，終於看到了阿草他們，「這兩個殺千刀的混帳！說！是你們殺了趙伯對不對！你們還害死宏一，嫁禍給他！」

阿草跟浩呆威連連後退，巴不得找個地方躲起來，可是王媽媽卻急急走過來。

「不要這樣！王太太！」堺真里出面攔住她的去向，勒令隊員過來，「把她送回去！」

「問他們！你問他們那天發生了什麼事！如果宏一殺死大頭他們，那後來呢？後來呢！」王太太衝動的要衝過來，自治隊員即刻架住她，「我家宏一那麼善良，他不可能殺人的！一定是你們殺了人，再嫁禍給他的！都是你們！」

「妳兒子善良？笑死人了，那我兒子就是菩薩了！」受害者家屬一個個激動的嚷著，「王宏一是徹頭徹尾的壞胚子，就妳教出來的！」

「我兒子我比誰都清楚，乖巧聽話又孝順，你們不許汙衊他！」王媽媽爭辯著，被自治隊員架著往後，「宏一！媽媽支持你！你不要怕！你永遠都是對的！」

狗屁！芙拉蜜絲雙手扠腰，就是王媽媽這種態度，王宏一才會如此囂張，還總覺得自己沒有錯處！

因為他做什麼事都有理由、都是對的，反正媽媽全力支持，還會為他找藉口跟理由對吧？勒索是因為自己家境不好、欺負別人是被逼的，怕不這樣無法融入同儕……話都給她講就好了。

「嚇死了，昨天她跑到我們家叫囂了好一陣子，氣到我爸拿掃把去趕她。」浩呆威一臉害怕，「她到處找人為她兒子討公道。」

「真的假的？」芙拉蜜絲眉頭都揪在一起了，「誰要討公道啊！」

「唉，我家也是，連出事後陳廣圻進了自治所，王媽媽還跑到廣圻家去嗆聲，質問陳廣圻他爸媽怎麼教孩子的，為什麼欺負她兒子！」阿草無奈到極點，「其他死亡的家屬也都被嗆了，而且王媽媽還說大家聯手欺負她！」

「這家人都很厲害，做賊的喊捉賊。」芙拉蜜絲相當不以為然。

「她從上到下罵了一頓，連學校老師都罵，然後還說大家都在咒她家宏一，她還說兒子沒死，是……」阿草支吾其詞，偷瞄了芙拉蜜絲一眼。

這再明顯不過了，她使勁推了他一把，「有話快說！吞吞吐吐幹嘛！」

「就說是妳跟自治隊聯手的，說妳是、是——」

「芙拉蜜絲！妳這說謊的婊子！」王媽媽的聲音恰好在她身旁不遠處響起，因為她正被自治隊員拖著往前頭的車子去，「妳憑什麼說看見王宏一就是鬼獸？騙子！說謊！」

王媽媽雙手被架著，腳倒是沒閒著，邊走邊抬腿想踢向芙拉蜜絲，當然自治隊不可能讓她傷到。

芙拉蜜絲不可思議的看著瘋狂的王媽媽，即使往前拖了，她還是回頭持續的咒罵她。

「你們為什麼要這樣欺負我跟兒子，為什麼！」她扭著頭對芙拉蜜絲咆哮，「他那麼喜歡妳，妳怎麼可以這樣對他！竟然誣陷他是鬼獸！」

喜歡？江雨晨唉呀一聲，這件事全世界就芙拉蜜絲不知道啊！

「誣陷？妳給我站住！誰誣陷了！」芙拉蜜絲怒火中燒，直接邁開步伐朝前走去，「妳知道我差點死在他手上嗎？妳知道他變得有多噁心嗎？妳知道單獨面對鬼獸的感——」

倏地一股力量拉住了往前走的芙拉蜜絲，堺真里扣住她的手腕向後，制止她再往前。

芙拉蜜絲回首就被他大掌摀住嘴，他往前示意部屬快點把叫嚣不停的王媽媽給帶走。

「唔唔……」芙拉蜜絲被摀著，極其不甘願的仰首看著堺真里。

「好了，妳跟她計較什麼？」等車子一開走，堺真里立刻鬆手，「她兒子出事，她怎麼能理智？」

「她不理智就可以傷害我嗎？言語也是一種傷害啊，大哥！」芙拉蜜絲氣急敗壞，「要是大家真的認為我胡說八道怎麼辦？但是我看到的就是王宏一！」

「沒有人認為妳胡說八道，就算那個鬼獸不是王宏一也無所謂，我們都知道妖魔鬼怪可以變化，他們有邪惡的力量。」堺真里鎮定的箝著她雙肩，「芙拉，重點在鬼獸的濫殺，重點在必須阻止一切。」

芙拉蜜絲凝視著同樣與之互看的堺真里，眼神裡帶著的依然是桀驁不馴。

「我會的。」她一字一字說。

「妳要說我知道了。」他的口吻變得僵硬而充滿命令，「回答我，說妳知道了。」

芙拉蜜絲垂下的手緊握飽拳，咬著唇遲疑數秒，才遲疑開口，「我知道了。」

堺真里無奈的嘆口氣，轉向江雨晨，「讓她回去吧，芙拉不適合待在現場……阿草你們也是，這種集會待在家裡就好，大人出來便可。」

阿草跟浩呆威兩個人摸摸鼻子，鎮上大家的眼光像針一樣刺過來，他們也不想待在這裡，急急忙忙的就跑了；江雨晨安撫著芙拉蜜絲，剛出院的她的確應該回去休息，而且家裡還有眾多弟妹要照顧呢。

「出事了……出事了——」廣場中央，小乾的聲音突然傳來，「好可怕啊！那天真的好可怕！」

「小乾小乾！」母親焦急的抱著突然發狂的兒子。

「那天發生了什麼事！誰知道！誰知道呢！」小乾摀住雙耳，嘶吼的跪了下來，「我什麼都沒看到！我什麼都不知道——不要問我！」

唉！堺真里眉頭深鎖的趕緊上前，真是一波未平、一波又起！小乾這幾日的精神狀況一直不佳，現在又是一個未爆彈了。

芙拉蜜絲被江雨晨帶著往左轉去，她眼尾睨著痛苦的小乾，現在連她都快要不能確認，那晚攻擊她的，到底是不是小乾了。

是魑魅也是猜測，他現在看起來就是個失常的人而已，也能進家門啊！

「回去吧，芙拉。」江雨晨輕聲安慰著，「別忘了法海交代的。」

「嗯？」芙拉蜜絲根本忘了。

「他不是要妳檢查家裡嗎？好好檢查一下！」江雨晨嚥了一下口水，「那個，畢竟王宏一喜歡妳……」

「他喜歡我干我屁事？我得回應嗎？」芙拉蜜絲冷不防回道，果然沒把這件事放在心底。

「芙拉，如果他現在是鬼獸……」她面有難色的咬了唇，「我覺得妳回應一下會比較好耶！」

芙拉蜜絲滿臉不悅的做了個深呼吸，好！回應是吧！

他的喜歡若是張開血盆大口想咬下她的頭，那她只好也讓他灰飛煙滅才算是公平了吧！

第九章

人在恐懼害怕與需要幫忙時，很多堅持就會暫時放下，有時就連歧視都能暫時消失，激烈反對闇行使的人們此時此刻都不再吭聲，對聘請闇行使這件事投下了贊成票，只希望闇行使能速戰速決……雖然他們不知道堺真里早已先斬後奏了。

鎮民大會召開完，所有人都趕緊回家，將家裡的神像全數請出，隱藏版的咒文法器都要備妥，也要趕緊淨身，夜晚來臨前就開始唸咒文，護全自身。

芙拉蜜絲回到家時只有母親在，父親還在鎮民大會上，但是就看著弟妹們被要求在房裡待妥，母親則在家裡忙上忙下，一問之下，方知母親正在確認家裡每個門窗縫隙的咒文，有沒有任何缺失遺漏。

於是芙拉蜜絲也一起幫忙，通常是外牆跟內牆有一整圈的隱性文字，其他是建造時就有施咒過的磚塊在房子裡，然後是每一扇內窗裡的木板窗，還有咒文門上的文字，一個個都得瞧得仔細。

芙拉蜜絲檢查書桌邊的木板窗，雖是三條木條組成，但是咒文一點都不馬虎，只是她今天才留意到，自己家的窗子不只是咒文板上寫咒文，居然連玻璃窗邊的鋁框上都刻有咒文。

「姊姊。」大妹悶在房裡轉圈圈，「我們可以下去了嗎？」

「媽媽沒說可以，就乖乖待著。」她應著，從二樓窗戶往樓下看，看見了返家的父親，「爸回來了！」

好整以暇的將咒文板蓋上並扣上鎖，她愉快地往房間外奔去，一票弟妹用期待的眼神望著她，立刻被她喝令乖乖待著。三步併作兩步下了樓，媽媽還抬首叫她腳步輕一點，老是這麼粗魯！

「爸！」芙拉蜜絲根本沒在聽，掠過母親朝門奔去，「你回來啦？投票結果如何？要找闇行使過來了嗎？」

「嗯，我真搞不懂，這種危急存亡之秋的事還得投票表決？」父親一臉不悅，「真是一群死腦筋！」

「要是他們懂得變通的話，現在的世界也不會是這樣了吧？」媽媽嘆息，走到桌邊為丈夫倒水，「闇行使如果就住在鎮上，那根本不是問題。」

「拖這麼些天就死這麼多人，現在才聘請還得等兩天闇行使才到，我只怕鬼獸會更囂張。」父親拿起水咕嚕咕嚕灌了起來，盛夏中午真的太熱了，但也是最不容易遇上鬼獸的時刻。

芙拉蜜絲也是這麼想，只是她剛剛擔心的是，萬一鎮上沒同意，但是真里大哥早已偷偷先請闇行使來的話就糟糕了！

她回身將鐵門關好，木門關上，最後將咒文板門緊緊卡好，最後是將釘在牆上的木門喀的卡上……嗯？芙拉蜜絲低首望著自己的右手，明明還放在栓子上，但是她卻覺得右手是冰涼的。

每塊咒文板都應該是溫暖的啊，木頭的暖意她再熟悉不過，但為什麼今天閂子這麼涼？芙拉蜜絲彎下身看著那根卡進去的木閂，將之向右九十度打開扳直，重新審視檢查一遍——咦？

「芙拉？怎麼了？」媽媽發現她的異狀走來。

芙拉蜜絲緩緩直起身子，腦子裡千迴百轉。

「咦……閂子！」母親很快地就看出來了，「這裡怎麼會——」

門閂上的咒文向來是最關鍵的字句，在將門上鎖卡死時，能讓整扇門的咒文起作用，反之……只要不上閂，這扇寫滿咒語的咒文板便毫無用處可言！

而現在，他們家的門閂上，有著一道刀痕——切開了咒文！

「快點！我們要重新裝上，還有備用的吧？這個閂子失效了！」母親焦急慌忙的回身對著父親喊著！父親聞言上前只看了兩秒，立刻回身進屋裡準備材料。

「沒有道理會這樣對吧？好端端的為什麼門閂上會有刀痕？」芙拉蜜絲不可思議的看向媽媽，「媽，有誰來過我們家？」

「咦？這幾天來的人也不少啊，大家都為鬼獸的事人心惶惶！」媽媽一時也說不清楚。

「門閂在裡面，沒進我們家的人是不可能有機會下手的！」芙拉蜜絲緊皺起眉，怒火中燒，「要是我沒注意的話，今天晚上一旦王宏一跑來，根本就能長驅直入，就像陳廣圻家一樣——」

陳廣圻家？是啊，為什麼鬼獸能進陳廣圻家，一旦防禦有縫隙，對鬼獸來說根本不是問題，甚至像大頭他們僅僅是覺魂就能自由進出了！

誰來過他們家？誰有那個理由趁機拿刀子破壞咒文——

——我聽說王媽媽還跑到廣圻家去嗆聲……

還能有誰！天哪！

芙拉蜜絲二話不說立刻往二樓衝去，母親在後面喊著也聽不進去！她衝進房間時的怒氣讓弟妹們嚇著了，他們只是呆呆看著大姊把才剛掛上的長鞭取下，又打開書桌下層拿出一堆東西往身上掛，再伸手拿過牆上電話，連續打給好幾個人。

最後，是翻找本子才照著打的陌生電話。

「喂，法海。」她抿了抿唇，「我需要你立刻到學校來，拜託了！」

「喂，請問妳找誰……」其實那是稚嫩的聲音。

對方的話都還沒說完，芙拉蜜絲立刻掛上電話，轉身再奪門而出，來去都跟風似的猛烈，一票弟妹只能眨眨眼：奇怪，爸媽不准他們下樓，那有准姊姊出門嗎？

她又把長鞭掛上去了，剛剛看著，連密宗的護身符都帶走了耶！

他們圓著雙眼豎起耳朵，只聽見姊姊砰砰砰砰的下樓梯，父親困惑的問了聲，然後是媽媽大喊著：「芙拉蜜絲——妳要去哪裡——」

「姊姊，芙拉姊姊又出去了嗎？」小弟疑惑的問著。

「噓。」大妹比了個噓，「所以我們要乖乖的喔！」

「是因為芙拉姊姊常常亂跑，所以我們才要乖乖的嗎？」

大妹哀怨的望著弟妹們，委屈的點了點頭，「唉，是啊，我們就乖乖的吧！」

拜託大姊，千萬不要又做出什麼傻事啊！

穿過藍色封鎖線的那瞬間，芙拉蜜絲就知道根本沒事。

她已經說不上來為什麼了，但是她有強烈的直覺，沒有黑影、沒有惡臭，也沒有那種讓她全身寒毛直豎的壓力，校舍根本沒有問題。

再有，充其量就是死在三樓的伊兒莎，她們的覺魂恐怕還在這裡徘徊……她會這麼想，是因為站在一樓向上望，就能看見窗邊站著三個女孩，正往下俯瞰著。

她逕自走進校舍，午後的校舍明亮依舊，沒有任何令人不舒適的氣味，她回到教室裡，幾天沒上課了，桌上積了些灰塵，她想回來上課，想要回到平靜的生活裡。

「……芙拉？芙拉蜜絲？」外頭傳來怯生生的聲音，她探頭向外，看見兩個熟悉的身影，阿草跟浩呆威。「我在這裡！」她揚聲揮手，兩個男孩惴惴不安的走來。

「妳幹嘛？為什麼要約學校？」阿草不安的環顧四周。

「不然沒說話的地方啊！」現在這裡保證沒人來，「我又不想到後門那邊去，有人死在那邊。」

她當然不敢說小兵跟大頭的覺魂還在徘徊，千百個不願意到後門空地去自找麻煩。

「妳要說什麼，不能在外面說呢？」浩呆威擰眉，「我是溜出來的，妳說發現什麼線索？」

「我知道王宏一怎麼進出陳廣圻家了，只怕你們家也一樣。」她挑了張桌子，屁股一挪就坐上，「這幾天王媽媽都跑到你們家去叫罵對吧？」

兩個同學點點頭，「一直罵我們是爛人，帶壞她兒子還嫁禍！整個人歇斯底里的！」

「她去了陳廣圻家，也去了我家。」芙拉蜜絲神情嚴肅，「然後我發現我家的門閂被刀子破壞了。」

兩個男生先是一陣困窘，有些反應不及，但下一秒不約而同的跳了起來，「什麼！破壞門閂！？那咒文板不就──」

「我不確定陳廣圻家的狀況，但至少我家是這樣，假設這樣的前提下，就能知道鬼獸怎麼能入侵家裡。」芙拉蜜絲眉宇間滿佈怒火，「放心，我請雨晨跟你們爸媽說了，我有更要緊的事要問你們。」

「……」一副要衝回家樣子的男生們止步，「什麼事？」

「趙伯死後，還發生了什麼事？」芙拉蜜絲睨著他們，「不要給我應付自治隊的那套，一定還有別件事！」

阿草眼神又開始亂繞，「沒什麼啊，就我跟浩呆威嚇得逃走了。」

「少來！」芙拉蜜絲驀地大吼，一骨碌跳下桌子，「小乾一直嚷嚷這件事就一定有問題！而且你們看小乾簡直像是在看怪物一樣！」

浩呆威向後退了一步，「妳幹嘛這麼大聲，嚇死人了！」

「等王宏一到你面前時再告訴我什麼是嚇死人吧！」芙拉蜜絲來到他們眼前，不客氣的一把揪起浩呆威的領子，「把那天的狀況一五一十的說給我聽！搶劫未果、殺死趙伯之後呢？」

「欸欸……妳輕一點，溫柔一點啦芙拉蜜絲！」浩呆威整個人都要被提起來了，阿草連忙阻止。

「不要碰我！」芙拉蜜絲倏地對上前的阿草大喝，左手竟擎了把短刀，「我是認真的！不要敷衍我！」

「哇哇哇！」阿草嚇得連連後退，「芙拉蜜絲妳幹什麼！妳拿刀對著我們？」

「我問膩了，耐性都耗盡了！」她雙眼怒視著近在咫尺的浩呆威，「你們到底在隱瞞什麼？」

她並非全然相信魑魅。

而是因為如果小乾是魑魅，他一直鬧事的原因就是在傳遞訊息，魑魅喜歡挑撥離間，所說的話真真假假，王媽媽也是被小乾影響，頭一天就是他去告的狀；但如果那個小乾不是魑魅，只是個失常的同學，那也表示他被什麼事情刺激到……也就是他一直重複講的：那天究竟發生什麼事！

所以，她現在來問了！

「我說……我說！」浩呆威兩手高舉，面有難色。「那天就我們放學吃冰，王宏一提到趙伯賣冰好像賺很多錢，想要借錢花花的時候趙伯就來了……後來失手敲死趙伯、大頭，然後小兵嚇得想逃，他就瘋狂的追上小兵，一石頭從他後腦勺敲下去。」

「小兵當場就死了，趴在地上動也不動，但王宏一還是騎上他的身子，拿著手上沾血的石頭不停地敲、拚命的敲，嘴裡不停的吼著，誰敢逃走誰就該死！不許背叛他！」

「然後，沒人敢動，我跟阿草腳都軟了，連跑都不敢跑。」浩呆威嚥了下口水，「等王宏一敲爛了小兵的頭，甘願了，他站起來清點人數……這時候，我們才發現小乾，吊在幾公尺遠的樹下。」

「咦？」芙拉蜜絲一怔，「吊？他、他自殺？」

「不知道，我們誰也沒敢上前去看，小徑離那幾棵樹也有十來步的距離，他的上身也被其他樹擋著，但是就是看到一雙腳在樹上晃呀晃的……連王宏一都不去看！」阿草結結巴巴，

「說、說、說怕小乾自殺是我們害的，所以要我們儘快離開！」

「離開？你們把小乾扔在那兒……好！」芙拉蜜絲一臉不可置信，「那屍體呢？」

「宏一把屍體都拉上趙伯的冰淇淋車，塞進下面的櫃子裡，然後要我們跟著他去……」浩呆威神色飄移，好不容易才吐出關鍵的字，「丟到無界森林那邊。」

「……」芙拉蜜絲使勁搥了桌子，「你們哪邊不去……」

「只有無界森林附近才不容易被發現，沒有人會靠近那邊。」阿草說得很誠懇，廢話！連她都沒靠近無界森林過。「反正我們到了之後，那邊超詭異的，白天還是很暗，我們在後面幫忙推車，王宏一在前面踩著，可是我跟浩呆威都在想……王宏一等等會不會把我們也殺了，像殺小兵、大頭那樣？」

所以，他們捱到圍籬旁，當王宏一下車要把屍體跟車子一起往深淵裡推時，他們就沒命的拔腿狂奔！

狂奔在那又直又長的松林小徑，他們只聽見王宏一在後面咆哮狂吼，可是他們拚命的跑，賭的就是王宏一會選擇先把攤車跟屍體解決掉……其他的，就隔天再說。

誰知道，王宏一沒有回家。

「是嗎？那你們回家後為什麼不報自治隊？」芙拉蜜絲不悅的質問著，「趙伯跟小兵他們就是死了，為什麼不說！」

「我們怎麼敢啊，我衝回家後連門都不敢出，而且、而且我們會被當成幫兇吧？小兵跟大頭死時我們都沒阻止，還有小乾……說不定他是被我們欺負才自殺的……」

「自私鬼！」芙拉蜜絲冷不防的一腳踢向桌子，桌子咚的撞及阿草的腳，讓他疼得跳腳。

「就算這樣，後來做了兩次筆錄，為什麼都沒說實話？騙自治隊說什麼你們嚇得逃了！」

「啊啊……」阿草單腳跳呀跳的，浩呆威看了皺眉，趕緊開口，「芙拉，妳要想想我們的立場啊，就是怕被當成幫兇啊，而且我們也不敢說靠近無界森林的事！」

「至少要讓小兵他們的屍體被找到吧！你們這兩個爛貨！」芙拉蜜絲隨手抓了不知道誰桌上的杯子，就往浩呆威身上砸去。

浩呆威閃躲接住，芙拉的衝動大家都知道，他們也知道這些說法一定理虧，原本就是打算走一步算一步的。

「那小乾到底是死是活？那個一直歇斯底里的小乾呢？有聊過天嗎？」

浩呆威阿草同時拚命搖頭，「不敢啊，總覺得會被整，小乾現在讓我覺得心機好重！」

「我也覺得那天他故意的，仔細想想，有很多樹擋著，我們也沒看到他是不是真的上吊，只是看到腳在那邊晃……」阿草其實說這話時帶著不爽，「不管怎樣他一定目睹到了什麼，腦子嚇傻了吧！」

「我根本不想跟他說話，他穿那件制服幾天了妳有沒有看到！」浩呆威還有時間擺出嫌惡表情。

「閉嘴啦你們兩個，有什麼資格說話！」芙拉蜜絲瞪著他們，「你們隱瞞的事情很糟知道嗎？事情一定就出在無界森林那邊，你們跑掉之後，王宏一遇到了什麼……」她忽然劃上不懷好意的笑容，「你們是朋友對吧？如果鬼獸依然有王宏一的意識，早晚會來找你們的，難怪昨晚就先做行前通知了。」

「靠！什麼行前通知！」阿草全身打了個寒顫，「芙拉妳不要亂嚇人！」

「哼！」芙拉冷哼一聲，「走啊，趁太陽還這麼大，我們去一趟。」

咦？阿草跟浩呆威正揉著撞到的痛處狐疑皺眉，心裡一驚，「去、去哪裡？」

「還能去哪？」她挑高了眉，「就挑你們發生事情的經過，走一遍！」

走……阿草跟浩呆威緩緩轉過頭，兩個人面面相覷，刷白了臉色：「嗄？我不要——」

聲音還在教室裡迴盪，芙拉蜜絲已經走上走廊，聽得驚慌紛沓的腳步聲，這才疑惑阿草他們還有叫人來嗎？而且這腳步聲還挺熟的……不止一個人……

「芙拉蜜絲！」衝上走廊的江雨晨一見到她就大吼，「天哪！妳真的在這邊……妳在做什麼啊！」

跟在江雨晨身後的，居然是鐘朝暐，他身上還揹著弓箭咧。

「雨晨……朝暐？你們怎麼跑來了？不對，你們來這裡幹嘛啊？」芙拉蜜絲還一臉不明所以，無視於江雨晨的慌張。

阿草跟浩呆威同時也從前門走出，怎麼這麼熱鬧？

「哇，雨晨好厲害，她說妳一定會到學校來。」鐘朝暐呵呵笑著，「我剛在路上看到她跑得這麼喘，還以為發生大事了呢！哈哈！」

「不要笑了！這就是大事！」江雨晨不高興的推了他一把，「芙拉妳怎麼會進來校舍呢？藍色封鎖線還在！萬一有什麼的話……」

「沒事啦，妳沒看我們都好好的。」芙拉蜜絲趕緊安撫容易緊張害怕的朋友，「倒是妳，妳也敢這樣跑進來喔？好勇敢！」

「我……」江雨晨其實心底是害怕的，「妳叫我聯絡阿草他們家裡我就覺得很奇怪了，結果他們兩個竟不在家，問妳要去哪裡又不講，我想到的就只有學校！」

鐘朝暐高舉手，像個討賞的孩子，「是我先看到封鎖線有被拉扯到爛爛的痕跡喔！」

「那是芙拉拉的，明明蹲下去鑽過就好了，她就粗魯的扯到大家一看就知道有人越過了。」浩呆威溫溫的說著，芙拉蜜絲嘖了一聲。

「我有事問他們啦，現在我要去後門那塊空地一趟，你們先回去……朝暐，幫我送雨晨回去啦！」芙拉蜜絲一副很急的樣子，對著鐘朝暐身後的阿草他們吆喝，「走了喔！」

「我、我才不要去！」阿草忙不迭跑到江雨晨身邊，「雨晨，芙拉說要到無界森林去！」

「咦？」禁語一出，江雨晨跟鐘朝暐都喊了出來，「芙拉，妳去那邊幹嘛！？」

「我要先去後門那邊啦！」芙拉蜜絲沒耐性解釋，掠過江雨晨身邊時還拍拍她的肩，「放心好了，日落前我會回去的，阿草、浩呆威不要給我拖！」

江雨晨瞠目結舌，她完全不想知道芙拉蜜絲究竟想做什麼，她只知道在這有鬼獸徘徊的時刻，她似乎不應該到危險的地方去吧！

芙拉蜜絲見阿草他們動作太慢，還踅回來一把扯過他的衣服就往樓下走，江雨晨上前阻止，一行人拉拉扯扯個沒完，都下樓了還吵成一團，然後……

『啊啊啊——』淒厲尖叫聲突然貫穿耳膜，所有人莫不伸手摀住雙耳，『來了！來了——』

芙拉蜜絲也被嚇了一跳，緊揪著阿草的衣服向上看，聲音是來自上方，旋轉似的傳下來的……是女孩子的聲音！

她抬首瞪大眼睛往上望，而三樓的樓梯扶欄緩緩露出三顆頭，三個披頭散髮滴著血的頭顱，亂髮中僅露出一雙驚恐的眼，然後一隻斷掉的右臂從頭顱後面飄浮著，指向了下方。

隱隱約約，她覺得是伊兒莎，生魂尚在徘徊？

指樓下是什麼意思？芙拉蜜絲狐疑的緊皺眉頭，其他人都還摀著耳朵，似是聲音讓他們失去平衡？但是芙拉蜜絲倒沒有這個困擾，順著斷手的方向往正門望過去。

「嗨。」在校舍門口，少年穿著學生制服，拎著書包在肩頭，對著芙拉蜜絲打招呼。

芙拉蜜絲說不出話來，她只知道一股惡寒襲來，讓她自背脊一路涼到腳跟，忍不住的打顫。

「……剛剛那什麼！」浩呆威蹲在地上，痛苦的喊著。

「……芙拉！芙拉……」江雨晨往前拉住她的衣服，好可怕的叫聲，她耳朵好痛喔！「妳有聽見嗎？剛剛……」

她愣住了，因為她也看見了站在正門口的學生。

「王宏一？」

王宏一好端端的站在門口，他如同以前一樣健康，歪著頸子側首，書包架在肩頭，用一種玩世不恭的神情看著所有人。

只是，他的臉上有一條黑色焦疤，芙拉蜜絲認得，那是她給的。

「哇啊啊……」才站起的浩呆威一見到王宏一，嚇得踉蹌連連。「這是、這是生魂嗎！」

「為什麼你進得來？」芙拉蜜絲喉頭緊窒，他們幾乎沒有退路，一樓走廊穿堂的後頭是長年緊鎖的後門，而前門已經被王宏一攔住了。

難道他們要在校舍裡亂竄嗎？

『好久不見了，同學們。』王宏一揚起微笑，邁開步伐，『想我嗎？』

啪——芙拉蜜絲即刻揮鞭，打在王宏一的腳尖前，「不許過來！」

王宏一果然止步，瞪著那鞭子的臉色一點都不和善，『芙拉，妳有必要這樣嗎？看看我的臉，已經被妳傷過一次了。』

「我是對鬼獸傷的，那你是什麼？」芙拉蜜絲擺開禦敵姿勢，鞭子讓他們跟王宏一之間可以保有三、五公尺以上的距離。

只見王宏一笑了起來，張開右手再緩緩握拳，『妳不知道我現在多有能耐，我有多大的力量……可以做我想做的事情！』

江雨晨揪著芙拉蜜絲的衣服躲在背後，但意識依然非常清醒，「我的天哪，你反吸收了鬼獸？」

「咦？反吸收？」鐘朝暐不敢相信課本上的名詞會出現在這裡！

一般來說，地獄的惡鬼吃了人類後，是利用他們未了的意識與殘餘的魂魄進行操控，挑這些人生前未了的遺願或是仇家下手，噬其血肉順便增加力量，因為如果人類的魂魄也能一起賣力的追殺某個人，負面能量上升，鬼獸提高邪力就能事半功倍。

可是現在王宏一的模樣幾乎恢復成人，不再是那怪物獸類模樣，這根本是王宏一反吸收了鬼獸！

『真是省了我不少功夫，大家都在……還有點心呢！』王宏一眼神轉為陰鷙，『芙拉蜜絲，我一定會慢慢吃掉妳的！』

「感謝厚愛，我才不需要！」芙拉蜜絲領著大家向後退著，「還有，我一點都不喜歡你！」

『哼哼……哈哈哈！』王宏一驀地狂笑起來，右手倏地做出棒球投球的模樣，然後瞬間從每根指頭裡竄出黑土色的長條狀物品，整隻手轉眼間放大，疾速延展衝來！

「跑啊！」芙拉蜜絲大吼著，揮動長鞭擊向正刨爛旁邊教室的大手，鞭上那瞬間王宏一將右手收回，手上被鞭子切開一條傷痕。

芙拉蜜絲早就把特殊的護身綁上去了，就不信毫無用武之地！

所有人回身朝著另一個方向，問題是後門緊鎖，他們能跑到哪裡去？芙拉蜜絲邊跑邊回頭，只看見巨大的手再次襲來，而且這一次是佔滿整個走廊的罩頂而至！

「呀——」江雨晨驚慌跌倒，所有人只能眼睜睜看著爛泥漿伸至眼前，所有人都將被包住了！

「早說過適可而止了。」一隻手將最前面的芙拉蜜絲摟了向後，「我是在說妳，芙拉蜜絲！」

咦？她睜開緊閉的雙眼，看見自己被摟著，回頭一看，泥漿巨手已經消失，王宏一甚至摔出了大門之外，正撞上藍色封鎖線。

「妳喔！到底懂不懂得什麼叫停止？」法海睨著她，微帶怒氣，「一通電話就敢把我叫過來，我是——」

「你真的來了！」芙拉蜜絲二話不說竟然摟住了他的頸子，「我就知道你一定會來！」

法海怔然，現在是高興這個的時候嗎？這女人的神經迴路是怎麼搞的！

「好了，先走再說！」法海指向後門，「從後門出去吧！」

「可是後門……」是鎖住的啊！

一行人根本嚇傻了，他嘖了兩聲動手把江雨晨給拉起來，逕自往後門走去，途中跌坐在地的鐘朝暐也伸長了手，他連正眼都不看。

開什麼玩笑，他才不要拉男生。

芙拉蜜絲趕緊幫忙把大家都扶起，並不時回頭看向大門，王宏一又不見了，鬼獸神出鬼沒，叫人心驚！

前頭喀噠喀噠幾聲，法海雙手砰的推開塵封已久的對開門，門上的灰塵紛落，誰也顧不得髒，爭先恐後的就往外衝。

「咦？」江雨晨行動有些遲緩，仰望著天際，「等等……為什麼天色這麼怪？」

怪？芙拉蜜絲聞言也留心，盛夏的炙陽消失了，天空呈現一種詭異的灰暗，像是雷雨即將來臨的天色，厚重的雲層早已遮去了陽光，光線只能勉強透出些許，重重灰雲滿佈天際，世界看起來宛若一幅灰色調水墨畫。

一陣大風捲起樹葉沙土，異常的吹至，所有人下意識別過頭躲開那風，卻都能感受到風裡的溫度如此寒冷，以及……芙拉蜜絲瞪圓雙眼，一股惡臭又藏在風裡！

「空氣中有腐爛的味道……」她喃喃自語，這整個地方都不對勁。「而且怎麼可能這麼快就變天了？」

「快跑啊！快點回家！你們還傻在那裡做什麼！」阿草他們跑得超前面的，「走了啊！」

唉，法海嘆了口氣，「我就知道！」

「就知道什麼……」芙拉蜜絲緊皺著眉，趨前拉住了他，「不要說……這不可能！」

「啊啊……」江雨晨下一秒眼淚就奪眶而出，「騙人！」

鐘朝暐愣愣的呆站在原地，連剛剛往前跑的浩呆威都緩下腳步了，這邊不對勁啊！「喂，你們幹嘛，發生什麼事了！？」

法海側著身子遙望遠方，冷風刮亂他的金髮，「我想，我們穿過鬼妖之門了。」

鬼妖之門，顧名思義便是與鬼獸及妖獸相關，闇行使稱之為平行空間，是邪物在正常的活動時空中，硬創造出來的地方，四周遍佈著邪物專屬的結界，將人們關在那個地方，沒有出口，任其宰割。

鬼妖之門算是最低階的，通常是由鬼獸創建，像是一種對外封閉的結界，把人都關在自己創造的牢籠裡，接下來就是玩樂時間了，要殺要剮要凌虐，全憑怪物的喜好。

「我們什麼時候穿過鬼妖之門的！牠們怎麼可能在學校設下邪法！」鐘朝暐終於反應過來，回首看著敞開的後門，「難道是後門……學校才長年鎖住！？但我們剛剛硬把它打開還穿過來了！」

「法海，你剛怎麼開的門？是不是開的方式不對，觸發了邪法！」江雨晨也焦急的問著。

「開門有什麼方式？不就是鑰匙。」法海淡淡說著，手裡拿著把鑰匙，「我之前就去找了鑰匙，以防萬一。」

阿草跟浩呆威奔了回來，他們腦袋一片空白，鬼妖之門，這種根本沒想過會遇到的東西……鬼獸就算要設下這種結界門，那也不可能在重重防護的學校啊！

「不是後門……」芙拉蜜絲喃喃望著校舍，「更早之前，我們就穿過了……要不然王宏一怎麼可能出現在學校裡！」

此話一出，大家才驚覺到，校舍外那條藍色封鎖線還在、還……「啊！難道是那條藍色封鎖線？」

大家穿過那條線後，就已經進入了鬼妖所設置的空間了！

啊啊！芙拉蜜絲緊閉上雙眼思考，就是這樣！所以伊兒莎的尖叫所有人都聽得見，她們得以出現提醒她注意王宏一，那正是因為他們已經不存在於人間界了！

「現在想這沒有用，大家要考慮的是怎麼保全各自的生命吧！」法海非常迅速的面對現實，說得從容自若，「從現在開始，就算眼前是熟悉的景物，但已經沒有佛號之徑，更不會有自治隊來幫忙了……最好是不要有人幫，那都不會是正常人。」

「一磚一土都可能是邪物，」江雨晨喃喃著唸過的文章，「樹妖張狂、腐屍能從土裡爬出……」

「別背課文了！」阿草大吼起來，「接下來我們要怎麼辦！」

「我……」芙拉蜜絲還沒出聲，腳下的土地立刻震動，所有人立刻被嚇得魂飛魄散，拔腿往近在眼前的後門奔去。

後門，芙拉蜜絲邊跑邊看著後門，這不是一開始她想去的地方嗎？小兵、大頭，甚至是趙伯被殺之處！

「哇！」土裡果然冷不防竄出了一隻手抓住鐘朝暐的腳，他整個人往前仆倒，並且火速被往土裡拉去。

阿草跟浩呆威顧著逃跑根本沒回頭，江雨晨失聲尖叫，芙拉蜜絲則是兩抽鞭打斷了那腐敗的手骨，趕緊將鐘朝暐拉起來，再回身拽過江雨晨。

「雨晨，妳要冷靜，一定要冷靜……」芙拉蜜絲不停地喚著眼神空洞的她，「我沒辦法保護妳！妳有帶飛刀出來嗎？江雨晨！」

江雨晨顫抖著點頭，淚如雨下。

「法海……」芙拉蜜絲只能託付給法海，「你幫我——」

「我拒絕。」法海連聽都沒聽完就打斷了她，「你們平時都鍛鍊多久了，出了事還要巴望著別人保護嗎？這是我的責任嗎？」

「喂！」芙拉蜜絲氣急敗壞，「雨晨是女生耶！」

「所以？」法海挑了挑眉，「因為是女生，就能擁有特別待遇嗎？我可沒興趣跟她生孩子喔！」

「法海！」芙拉蜜絲簡直都要扯開嗓子尖叫了。

法海還真的沒理她，只是忽然彎下身子隻手觸地，口中唸唸有詞，芙拉蜜絲當下察覺不對勁，拉了江雨晨就往後門推去；回首看向法海，他身上發出淡淡的光芒，她不知道是不是只有她看得見，但是那微微白光繞在金髮上的景像，好美……

「破！」法海忽然大喝一聲，後門前那片沙土地倏地向上噴發，一時之間沙土宛若海浪一般向上湧起，「芙拉蜜絲！」

咦？芙拉蜜絲呆站在原地，她不明白法海在喊什麼，只是下一刻從噴發的沙土堆中，居然殺出了殘缺不全的腐屍……不，是鬼獸！

來不及經過大腦思考，芙拉蜜絲手上的鞭子已經揮將出去——刹！攔腰削斷、刹刹！鞭去了本就搖搖欲墜的頭；刹刹刹！鞭去了雙手，殘敗的身體一個個掉落下來，只是最旁邊的鬼獸在長鞭攻擊範圍內，自沙土裡狂吼而出，直撲而來。

咻！箭風從芙拉蜜絲頰畔掠過，一支箭準確的射進那近在咫尺的鬼獸眼裡，牠發出痛苦淒厲的叫聲！

『嘎呀——嘎——』眼窩起火燃燒，兩秒後轟然一聲巨響，那鬼獸瞬化成灰。

這一切發生不過眨眼須臾間，從土裡竄出的鬼獸看起來都不大，甚至很脆弱，被芙拉蜜絲劈開的鬼獸們在地上哀鳴著，傷口處這才開始發出火光，慢慢的焚燒。

跟鐘朝暐的效果不同，關鍵在他們武器上的咒法或是法器不同。

法海轉身，雙手輕拍去多餘的塵土，笑看著後方的鐘朝暐，「很不錯嘛，你的弓箭都加持過的？」

鐘朝暐左手持弓，一顆心跳個不停，正才緩緩放下，點了點頭，「每一支都用聖水澆淋過，連弓上面都有鎮鬼咒。」

「很好！」法海走到芙拉蜜絲面前，突然握起她的手，檢視著長鞭，「妳綁了三個護身啊……」

「嗯。」她擰眉，剛剛究竟發生了什麼事？

「也不錯，看吧，根本不需要誰保護誰對吧！」法海輕拍她的肩，「能一直維持這樣的反應就好了。」

這樣的反應？芙拉蜜絲看著自己的手心，她剛剛連思考都沒有，只知道從土裡竄出了怪物，她要解決掉牠們……僅此而已啊！

阿草跟浩呆威開始慌張，他們沒有帶什麼護身的出來，除了原本的護身符外，連一樣常用武器都沒有；江雨晨不發一語，只顧著瞪圓眼任淚水自落，法海根本懶得理她。

「這裡……血腥味好重啊……」他環顧四周，皺起眉心，「芙拉蜜絲。」

「聞到了。」她看向阿草他們，「因為小兵他們死在這裡吧，我想……如果這裡非人界，說不定能跟魂魄溝通一下。」

「別鬧了！」浩呆威激動的喊著，他們兩個站在一小塊空地上，右為小樹林，左為空地，很明顯的他們在避開重要地方。

右邊遍植十幾棵樹木，王宏一他們都喜歡到這兒乘涼吃冰，不過據說小乾也是吊在這裡頭……芙拉蜜絲不悅的深呼吸，她也曾差點被勒死在這些樹下。

而左邊的空地道路就是趙伯攤車必經之地，大頭死在那裡，小兵死在更裡頭……生魂還在這裡徘徊，在夜裡的人界既能現身，那在這種鬼妖之界——

叭——噗——果不其然，冰淇淋的叭噗聲響起，伴隨著的是輪子喀噠喀噠的聲響，每個人都僵著身子往小徑深處看去，趙伯賣力騎著腳踏車，從黑暗裡出現了。

『啊，芙拉，要吃冰嗎？』趙伯停下腳踏車。

「不、不必了。」上次夜裡的大腦綿綿冰，她一丁點興趣都沒有。

『今天有好多材料喔！新鮮的冰……』趙伯走了下來背對著大家，所有人可以瞧清楚他的頭側邊被打凹了，右手不停抖著去掀開冰筒的蓋子，『來，要吃什麼？』

芙拉蜜絲看了於心不忍，上前一步，「趙伯，小倩哭得很傷心。」

趙伯拿過杓子的手停了。

『小妹，她還好嗎？』趙伯輕聲的問著。

「她會好的，大家會合力照顧她。」芙拉蜜絲幽幽說著，「所以，趙伯，你放心吧。」

趙伯放下了手，轉過頭來，竟是老淚縱橫，『帶我走，芙拉！求求妳帶我離開這裡啊啊——』

餘音未落，一股力量從趙伯身體後段衝出，煞時撕開了趙伯的靈魂，直接朝著大家飛衝過來！

芙拉蜜絲即刻在距離內一口氣施以兩鞭，兩鞭擊上，碎灰從來者身上掉出來！那東西哀鳴滾地，頭部焦黑，搖搖晃晃的撐著地板想站起來。

「小兵！」芙拉蜜絲驚訝的喊著，他的喉嚨到現在還插著那晚十字弓上的箭！「你怎麼……」

『不該來這裡的，芙拉……不該來的……』小兵連左右都分不清楚，因為他的眼睛早就被燒掉了，『大家都不應該……』

他跌跌撞撞轉著圈，冷不防的撞上攤車，咚的跌進了冰桶裡。

「小兵會那樣，是因為那晚的十字弓嗎？我沒有意思要傷害他的！」芙拉蜜絲焦急的問著法海。

「妳用法器傷他靈魂，不是故意還是傷了。」法海竟大方的往前，「真是噁心的味道。」

芙拉蜜絲忙不迭地趕上，鐘朝暐連拉都拉不住，他不明白芙拉怎麼就這麼大膽，敢跟著法海跑呢？

還沒靠近攤車，法海就低咒了好幾聲，還立刻旋身要往回走，芙拉蜜絲不明所以，什麼都沒看見就要走了？

「別靠近了。」法海嘴上才唸著，卻留意到另一側的那片林子……好像有什麼在動？風？

會聽人家好好說話就不是芙拉蜜絲了，她鼻尖聞到惡臭，但還是小心翼翼的往前，這麼近可以看見趙伯的攤車根本損毀嚴重，輪子扭了，攤車也變形，而打開蓋子的冰桶裡——

一個被打爛的頭顱仰望向天，僅存一顆勉強完整的眼珠子黏在肉泥之間，被折斷的頸子歪斜的卡在冰桶口，其下的身體擠成一團的塞在裡頭，血水早已淹滿冰桶，蛆蟲在裡頭游泳，令人作嘔的腐臭味衝鼻，芙拉蜜絲屏著呼吸別過了頭——小兵被塞在冰桶裡嗎？是王宏一幹的？

那麼——趙伯被塞在櫃子下，芙拉蜜絲想起阿草他們說的，攤子下方就是個上鎖的櫃門，她才在思考，門縫裡就開始流出了濃黃色的液體……伴隨著的，是指甲抓門的聲音。

『放我……出去……』趙伯的聲音嗚咽，『把我放出去……』

指甲抓門板的聲音聽來令人膽寒，芙拉蜜絲想到的卻是……卻是更可怕的事情。「趙伯該不會……那時還沒有死吧？」

他被塞進櫃門，被王宏一將車子推到某處之後才醒來，被關在櫃子裡他受傷、虛弱且需要救助，所以他在裡面呼救，指甲刮著木板，卻沒有氣力離開，獨自面對寒冷與死亡……

那，大頭呢？大頭還有哪裡可以塞？

「芙拉蜜絲！專心！」法海倏地大喝一聲，啪的櫃門冷不防一開，就衝出了張牙舞爪的大頭！

「哇呀——」芙拉蜜絲措手不及，她向後踉蹌著卻扭了腳，直接臀部著地的摔落在地，但也因此讓大頭撲了個空。

他越過芙拉蜜絲頭頂落地，是個青黑色的龐然大物，全身都浮腫緊繃，眼神偏紅不甚正常，怎樣看都知道，他已經出問題了。

「鬼獸……怎麼這麼多天了才……」鐘朝暐拉滿弓，咻的射出一箭。大頭嗚吼的躍起閃過，一腳正對著跌在地上的芙拉蜜絲身上踩去，她及時翻滾兩圈閃過，同時揮動手上的長鞭朝大頭腳踝而去，霎時削去他一隻右腳掌。

『嗚呼吼——』大頭失去右腳掌，咚的不穩倒地，芙拉蜜絲趕緊站起，緊張的朝大夥兒奔回。

但是，她才沒跑兩步，臉色就大變，「後面——你們後面！」

——阿草才要轉過身，樹枝冷不防的就由後纏繞上他的頸子，倏地就將他往上吊了！浩呆威眼明手快的蹲低想閃過，怎知土裡的樹根竟也舞動，將他向上推彈，另一根漫舞的樹枝立刻捲著他上樹。

「呀——啊呀呀——」目睹這一切的江雨晨歇斯底里的尖叫，所有的事物已經超出她能承受的恐懼臨界值！

鐘朝暐趕緊撲倒嚇傻的江雨晨，兩個人滾了好幾圈，恰好離開妖樹的範圍。數枝樹根同時朝法海而來，他疾速後退到了空地避開，身後撞來逃跑中的芙拉蜜絲，青黑色的大頭大躍而至，並沒有打算放過到口的美食！

法海穩住芙拉蜜絲，左手扣著她向後甩了個半圓，同時右手在空中畫了個結印，瞬間擋下了撲上前的大頭。

『嘎啊——』大頭一觸及他在空中畫的結印，即刻向後彈飛遠去。

芙拉蜜絲什麼都沒瞧見，她知道恐懼罩身，剛緊巴著法海的左手臂原以為必死無疑，但聽得鬼獸低吼即刻又抬首回頭。

「你……你得教我！」她不可思議的仰首，望著他。

「其他人快被勒死了。」他指指前方，芙拉蜜絲才回神，只看到阿草跟浩呆威劇烈搖晃的腳，但是她一逼近，就會有樹枝襲來。

可惡，她甩動長鞭，卻捲上舞動的樹枝，樹枝們還反過來將她往裡頭捲！

「哇——」她身子往前，「它們不怕護身！」

「樹妖不怕驅鬼的東西，要對症下藥。」法海由後環抱住她的身體，伸手握住她被扯緊的長鞭，咒語再度從口中唸出，芙拉蜜絲聽著耳畔的聲音，冷不防又顫了一下身子。

對啊，她也會背咒語，怎麼不效法法海呢？他唸出的咒語有一種駭人的感覺……她說不上為什麼，只覺得他說不定是很厲害的闇行使！

被長鞭纏繞的樹瞬間發黑，法海輕輕一扯鞭子，那樹枝立刻碎成黑灰，任芙拉蜜絲收回長鞭；黑色的部分像是水彩沾上宣紙一般，急速暈染到整棵樹，啪沙一聲在芙拉蜜絲面前瓦解，化為空中的灰燼。

咚咚咚的蹬地聲再度從後奔至，大頭再次攻擊，只是這次鐘朝暐已經做好準備，拉滿弓朝大頭射去；牠閃過了第一箭，卻沒料到他急速射出第二箭，大頭及時抓握住了箭，箭卻瞬間炸掉他的右手。

法海也回身，帥氣的奔前立定躍起，手臂在空中畫上個符號，頓時結界出一道牆，擋下了意圖進攻的鬼獸！看著大頭撞上一堵無形的牆，鐘朝暐看得瞠目結舌。

「啊啊……」阿草他們的聲音變得虛弱，芙拉蜜絲急得跟熱鍋上的螞蟻一樣，她沒辦法對付舞動的樹妖啊！

說時遲那時快，幾道銀光閃爍，筆直飛進了裡頭，阿草跟浩呆威雙雙落地，還來不及換氣，立刻又被其他樹根捲住了腳踝。

「芙拉，妳對付裡面那一棵！」柔細的聲音突然有力的傳來，「前面這幾個混帳我來解決！」

咦耶？芙拉蜜絲愣愣的看著站得直挺的江雨晨，她準確的射出手中飛刀，刀子均是加持過的，妖鬼通吃，逼得樹妖鬆開阿草他們，芙拉蜜絲則從旁藉機將他們拖出來。

「去死好了！」江雨晨忽冷不防的衝向最近的一棵樹，手持刀子就拚命的往樹上戳，「去死去死去死去死去死去死！」

阿草跟浩呆威趴在地上拚命咳著，芙拉蜜絲呆望著歇斯底里的江雨晨將那棵樹捅了個稀巴爛，舞動的樹枝減弱活動，開始變得乾枯腐朽，終至崩解。

「那個……」芙拉蜜絲輕聲喚。

「閉嘴！」江雨晨倏地回頭咆哮，助跑衝過來，竟狠狠的踹向阿草跟浩呆威，「沒用的傢伙！還要女生來救是什麼東西！連一點自保能力都沒有嗎？還害我嚇得要死，我膽子很小你們不知道嗎？」

阿草他們被踹得又往前摔進沙土裡，芙拉蜜絲哇了一聲，基本上現在看不太出來她膽子很小……

「這裡是暫時安全的範圍，大頭被我擋住，樹妖伸展不過來，就這一小方土地，讓大家喘息一下。」法海從容的走了過來，邁開大步伐測量距離，「江雨晨再進來一點……嗯，這樣正好。」

鐘朝暐微蹙著眉，「法海，你是……闇行使？」

法海淡淡瞥了他一眼，仰高完美線條的下巴，不予回應。「我們得找出口出去，再這麼下去沒完沒了的。」

「怎麼找？」芙拉蜜絲焦急的問。

「把這邊都燒了！」旁邊的江雨晨陰惻惻的說著，「放火燒了！全部燒光我看他們要躲到哪裡去！」

「……」芙拉蜜絲錯愕的看著閨密，「雨晨，妳還好嗎？」

「好！我再好不過了！」江雨晨一臉盛怒異常，「嚇我，居然敢嚇我！我不禁嚇的，都沒人體諒一下嗎！」

這是……雙重人格嗎？芙拉蜜絲不得其解，一向溫柔的雨晨怎麼突然變這麼暴怒啊？她簡直像是神經斷線一樣耶！

「燒掉沒用，這是鬼獸的地方，解鈴還須繫鈴人，」法海堆滿微笑，「只要把設下門的人抓出來解決就好了！」

「好！誰！立刻把他抓出來打死！」江雨晨全身氣得發抖，她受的刺激果然不小。

芙拉蜜絲趕緊輕輕拍著她的背，媽呀，她從來不知道雨晨神經斷掉後會這麼可怕。「那萬一是王宏一呢？他已經是邪力強大的鬼獸一隻，我們怎麼應付他？」

「對自己有點信心吧。」法海只是輕笑，「我看鐘同學就一副勢在必得的樣子。」

朝暐？芙拉蜜絲回首，鐘朝暐果然一副全副武裝的模樣，緊握著弓箭點頭，「不這樣我們也活不了，與其躲避，不如賭一口氣殺出生路！就算死，我也不想變成鬼獸！」

芙拉蜜絲衝著他露出笑容，鐘朝暐就是這麼可靠的男生，難怪很多女生都喜歡他呢！面對突如其來的笑容，鐘朝暐忽然一陣靦腆，威力頓時減半。

哦，法海看在眼底，輕輕竊笑。

「你們兩個也給我振作一點！」江雨晨激動罵著坐在地上、狼狽不堪的阿草跟浩呆威，

「我們都自顧不暇了還要顧你們！」

他們早就哭得淚水跟口水都和在一起，頸子上有深深的勒痕，差點就斷了氣。

「他們應該要死的。」

林子裡，突然傳來聲音。

小小的身影從林子裡步出，小乾依然穿著潔白的制服，從灰暗的林間走來，用淺淺的笑

容面對大家。

「小乾？」即使不同班，鐘朝暐也認識他，因為他是王宏一那群裡最不協調的一個。「你怎麼也跑進來了？」

「啊……」芙拉蜜絲頭有點痛，雙手扠腰，「喂，你到底是什麼？你真的是小乾嗎？還是……魑魅？」

「魑魅？！」鐘朝暐嚇得大吼，身邊的江雨晨回身就一陣亂打，她現在禁不起嚇啊！

「我是小乾啊！」小乾用一臉我在說謊的眼神說著，「反正不管在誰眼裡，我就是小乾，小乾也是我！」

嘖，是魑魅，能輕易化身為人的形體，只是時間不長，如果要維持長期的人形，沒有融合來得有效。但是怎麼融合一般人並不清楚，只知道遇到魑魅比遇上鬼獸還嚴重，因為他非常喜歡「開玩笑」。

玩弄人性、引起猜疑，喜歡看人們自相殘殺，挑撥離間，魑魅總會樂在其中，加上他們很大方，所以只要一隻出馬，都會收集一堆人，再吆喝同伴一起來吃 BUFFET。

不過魑魅一族不容易闖進人們生活的地方啊，所有咒文結界中一定都會防堵他們，究竟是怎麼進入鎮上的？

「你真是魑魅的話，為什麼能進入家裡？」芙拉蜜絲擰著眉，她不知道魑魅的解決方法，那比獸類高階多了，他們還沒有學啊！「而且你想幹嘛？跟王宏一一夥嗎？」

「我才不跟那種下三濫的等級為伍。」小乾輕巧往前，嚇得所有人都退縮，只是到了法海剛剛畫的結界牆前，他及時止步。

然後用一種很委屈無助又不甘願的眼神抬首看向法海，彷彿在問：為什麼你要這樣呢？

「滾開。」芙拉蜜絲留意到他不敢妄動，挺直了背脊。

「可愛的芙拉蜜絲，妳為什麼要護著他們兩個呢？」小乾在隱形的結界牆外走著，指向阿草他們，「鬼獸要的是他們，不如就把他們交出去，換出口吧？」

不約而同的，大家都回首看向了阿草他們。

「咦！不要！你們不要聽他講，王宏一已經不是人了，哪有什麼理智可言！」阿草立刻緊張的說著，「他腦子裡只想著血血血，不是針對誰！」

「是啊，不要聽小乾胡說八道！你到底想怎樣，我有惹到你嗎？」浩呆威氣急敗壞的對他吼著。

「沒有嗎？我過得多辛苦啊！」小乾眼神一沉，「恐懼、痛苦、每晚都在床榻上哭……啊啊……」他仰起頭輕闔上眼，像是在感受什麼似的，「這個身體有好多的悲痛，生不如死的生活，不想去上學、不想被逼著做壞事、不想被欺負……」

鐘朝暐忍不住瞪了阿草一眼，低啐了聲活該。

「那是宏一！都是他幹的，我們也都是嘍囉啊！」阿草情急的為自己辯解，「要不然誰喜歡欺負人！」

「小乾，我對你很好吧？」浩呆威趕緊示好，「每次宏一欺負你時我都在後面偷偷幫你的！」

「噁心！」江雨晨直接接話，「都是一群虛偽的人啦！喂！死小乾，你到底想怎樣？假惺惺的笑讓我看了就想吐！」

哇喔，冷靜冷靜……芙拉蜜絲趕緊安撫著江雨晨，她這神經斷掉後是有第二人格嗎？怎麼比她還沒耐性！

「人，本來就喜歡欺負他人，喜歡凌駕他人的優越感，只要有機會……每個人都一樣。」小乾冷冷笑著，「我就是那個被踩在腳下的人，風水……總是要輪流轉吧！」

他的眼神轉為凌厲，原本黑白分明的眼睛在一秒內變成全部深黑，讓人驚駭的防備著；詭異的笑容掛在臉上，他倏地蹲低身子，雙手插進了土裡，頭一斜，像是向著法海的方向。

「糟了！」法海低咒一聲，倏地上前橫臂勾過了芙拉蜜絲。

咦？芙拉蜜絲整個人被扣著往後拖去，同時間小乾的手伸入土裡，穿過了結界，再從芙拉蜜絲剛剛站著的地方伸出來了！

只是伸出來的不是手，而是像觸鬚一般的細長物體，分枝眾多自四面八方包圍著他們。

「哇啊！」剛剛說不能動的阿草也突然能動了，回身就跑，但是身後還有鬼獸在虎視眈眈，他們根本無處可逃啊！

為什麼空間這麼小啊！

「走開——走開啊！」江雨晨驀地發出尖叫，手上的飛刀朝觸手伸出，「我很害怕的！混帳我會怕！」

一根細小的觸鬚被飛刀插入，倏地驚恐收回，小乾在牆的那頭步步輕退，恢復成右手模樣的手上插著一柄刀子，鮮血直流。

紅色的血……芙拉蜜絲皺起眉，他到底是人是魑魅？那是人類才會有的狀況啊！

「這刀子……」他低咒著，「居然可以對付我……」

「滾！滾——」江雨晨繼續歇斯底里，「你這噁心的怪物，為什麼大家都要嚇我，我叫你滾啊！」

高分貝的尖叫聽來真令人不舒服，但是芙拉蜜絲現在完全不想阻止理智線斷掉的江雨晨；而扣著她的法海早先收了手，讓她穩住身子，同時徒手在空中做了一個揭開的動作，親手把剛剛那個結界牆給撕開！

這一撕開，鬼獸自然瘋狂撲上，他神情嚴肅的對上鬼獸的雙眼，帶著一種無奈。

左手劃了個圓，施以咒文，再將自掌心生成的咒文朝大頭拋了出去！芙拉蜜絲親眼看見那是個泛著微光的球，直擊大頭的臉部——咚！

就是現在！

「鐘朝暐！」芙拉蜜絲大喝一聲，鐘朝暐立即反射性的擎起弓箭。

而芙拉蜜絲一揮長鞭，鞭子先甩向她的右斜後方，在半空中繞出一個漂亮的弧度，緊接著使勁往前甩去，長鞭咻咻的繞上鬼獸的頸子，芙拉蜜絲不懼的朝前幾步穩住距離，再壓下長鞭頭，逼得鬼獸往前傾。

鐘朝暐鬆開指尖，加持過的箭矢劃破空氣，直接射入了鬼獸的眼裡。

『嗚吼吼吼——』大頭驚恐的慘叫著，芙拉蜜絲與之較勁，她知道大頭撐不久的，因為鐘朝暐的弓箭會讓他炸開。

須臾數秒，痛苦的吼聲幾乎響徹雲霄，鬼獸的頭砰的炸開，徒留下一地灰燼。

鞭子因為鬼獸的消失而鬆落，芙拉蜜絲看著燃燒的餘燼，一點都不想知道大頭的靈體會發生什麼事……

她邁開步伐，看著那台頹圮的攤車，剛被大頭破門而出的攤車下方，已經沒有趙伯的屍身了，身體只怕已經被大頭吃掉，徒留下一隻斷手在一旁角落，被蛆蟲覆蓋。

「王宏一……」芙拉蜜絲低咒著，「走！起來！」她回首吼著阿草跟浩呆威，「我們去無界森林！走一遍你們那天走的路！」

「我不要！」浩呆威怒吼著，「要送死妳自己去，我好不容易才活下來的！我才不要再去一次！」

「好，我去！」芙拉蜜絲倒也乾脆，「雨晨跟我，朝暐你呢？」

「我跟妳走。」鐘朝暐肯定的點頭，朝著芙拉蜜絲靠近。

阿草刷白著臉色，怎麼瞬間壁壘分明，他們兩個被遺落了？「芙拉、芙拉蜜絲……」

「你們兩個就好好待在這裡吧！」芙拉蜜絲帥氣的甩頭，左手掠過法海身邊時，直接勾了他往前走，「推著攤車要去無界森林，只有一條路。」

眼前這條，趙伯剛剛騎著車子出來的長徑，走到分岔口時，只要循著禁止進入的標誌走，就能走到無界森林。

「喂……」法海被她猛力一拽，不穩的踉蹌，「欸欸，我沒說要跟妳啊！」

「啊？」芙拉蜜絲噘著嘴抬頭，「啊你本來就要去啊！你不去我怎麼辦？」

「我本來？是誰告訴妳有『本來』這種事的？」法海瞠著綠眸，「我其實想回家睡覺喝綠豆湯的啊？」

「別鬧啦！」芙拉蜜絲聞言勾得更緊，法海不一起去他們不是都全死定了嗎？「我們都得靠你啊！而且你還不是得離開？」

法海嘖了一聲，「好好好啦！妳不要勾著我，這樣我很難走！」

「鼻要！」她莫名其妙撒什麼嬌，「我覺得我放手你會藉機跑掉！」

「……哇喔，我這人還真有信用，妳覺得我會扔下你們？」法海咯咯笑了起來，「其實可能喔，帶著你們這一票……」他回首，看著阿草跟浩呆威跟上來了，「很麻煩。」

鐘朝暐走在芙拉蜜絲身後，看著他們緊勾著的手實在不甚愉悅，「法海，你是闇行使嗎？」

「噓！」芙拉蜜絲比什麼都快的回首，「他不是他不是！噓——」

這激動的警告讓鐘朝暐錯愕，他圓著雙眼看著芙拉蜜絲皺眉警示，有沒有搞錯啊，這時候是提闇行使的事嗎？

「幸好有闇行使在，要不然我們現在就都是鬼獸的晚餐了你懂不懂！」江雨晨朝鐘朝暐身上用力拍著，「這時要心懷感謝，還揪人家的身分做什麼！」

「唉唉……」鐘朝暐撫著右肩，「妳輕一點，妳怎麼變了一個人啊！」

「煩煩！什麼都讓我煩！」江雨晨忿忿的回頭，「你們兩個，走這麼慢是想死啊！」

嘶……芙拉蜜絲沒空探究雨晨發生什麼事，這也不是當務之急，她只低聲要鐘朝暐好好照顧她，勾著法海刻意加快腳步，拉開點距離。

「欸，你老實告訴我，我們到底有沒有希望離開？」她突然換上一副楚楚可憐的樣子。

「嗯……如果能把設置門的鬼獸殺死就沒問題。」法海在她說話前繼續接口，「那個鬼獸已經不一樣了，他嗜血太過，邪力驚人，不是幾個咒語、護身法器就能解決的。」

芙拉蜜絲聞言，只是眨著大眼，用很期待的眼神望著他。

等等……法海覺得這眼神刺眼得很，她這麼期待是做什麼？「妳又要把我推出去了？」

「哎唷，你這麼耿耿於懷喔！對不起嘛！」芙拉蜜絲道歉道得很乾脆，「因為你能應付啊，所以我想說有你萬無一失啊！」

「呵……」法海笑著搖了搖頭，「芙拉蜜絲，我能應付，我也會，但是不代表我必須做，妳懂這之間的關聯嗎？」

她皺起眉，用力的搖了搖頭，「為什麼？你難道能眼睜睜看著我們身陷危險嗎？」

「你們不只眼睜睜看著闇行使陷入危險，你們還加害他們。」法海用好聽的聲音，平和的語氣，說著五百年來殘酷的事實。

如此希望闇行使的協助，卻一再的打壓，五百年來的殺戮不斷，若非闇行使能對付法則扭曲後的混亂魔物，只怕現在世上再也沒人敢承認自己具有靈力。

芙拉蜜絲覺得心臟像是被重重一擊，雖然她沒有加害過任何闇行使，但是那段歷史與過往總是讓她心痛。

「我不是那樣的人。」她誠懇的說著，「我一直反對那樣的做法，闇行使明明跟我們一樣都是人，還幫助我們這麼多，不該接受區分或迫害的！」

法海忽然泛起微笑，親暱般的撩過她的短髮，「我知道妳不是。」

芙拉蜜絲雙眼倏而亮了起來，綻開燦爛的笑顏，法海不知道這樣一句話，就讓她覺得好開心，備受肯定呢！

法海笑得別有深意，「唉，反正我自己活該，無緣無故跑來這裡做什麼。」

「為了幫忙啊！」芙拉蜜絲說得理所當然，「為了讓大家夜能安眠，為了平安生活！」

「是嗎？」法海誇張的笑了起來，「這要給別人聽到了，他們可不會信——趴下！」

法海倏地將芙拉蜜絲的頭向下壓，左手朝空中一伸，立刻擋下一個衝至的物體，快到鐘朝暐根本就沒看清楚那是什麼東西！

可惡！芙拉蜜絲扭頭起身，看著長路的盡頭，躺著一個東西。

太大意了！她調整了呼吸，剛才只顧著跟法海聊天把警備心都放下，是她太疏忽了，不該成為任何人的負擔。

「只是小嘍囉。」法海說著，讓大家靠邊走，繞過躺在路上喘氣的東西。

他們行走在兩旁都是松樹的路上，靠近地上的東西時，才發現是個如嬰兒般大小的怪物，有著人形卻醜惡異常，瘦骨嶙峋，現在牠的頭自中間裂開一個大口子，裡頭的東西汩汩流出。

「那是……惡鬼嗎？」芙拉蜜絲相當吃驚，「就是成為鬼獸前的模樣？」

「嗯，算是原形。」法海向後瞥了眼，「江同學，牠應該也嚇到妳了。」

「咦！可惡！去死！」江雨晨倏地飛刀射出，躺在地上的惡鬼痛苦的跳起，在原地又叫又跳的銷融。

芙拉蜜絲不安的壓住江雨晨要再射出飛刀的手，「省點用，妳都沒在回收的，等等要是不夠怎麼辦！」

「我……知道了！」江雨晨始終怒眉上揚，都不知道她一直在氣什麼。

來到岔口，右手邊那木板上寫著大大的「禁止進入」，完全就是指向無界森林的路標，芙拉蜜絲不假思索的推開門就往前走去，江雨晨的畏懼就是表現在不耐煩的神情上，鐘朝暐深吸了一口氣，這是不得不走的路，推開門跟上。

阿草跟浩呆威兩個人深鎖眉頭，無論如何都不願意再走一遭。

「你們到現在都沒死，我很好奇。」冷不防的，法海竟在一旁出聲，「如果你們是叛徒，王宏一應該一有氣力就會先找你們算帳才對。」

「哇！」兩個人被嚇著了，他、他怎麼還在這裡，「我們都、都躲得很好啊！」

「當然也可能因為力量尚不足，還不能堂而皇之的找你們算帳，不過……」法海望進他們的眼底，「算了，你們好自為之就是了。」

他回身時還甩了甩金髮，貴公子般的優雅推門而入……阿草皺起眉，忍不住看向浩呆威

「他是幹嘛？拍洗髮精廣告啊？」

「這外國人真奇怪，還以為自己是王子就對了！」浩呆威低咒著，「怎麼辦，我不想去。」

「我也不想，但不去不行！」阿草戰戰兢兢的推開門，「我也不想一個人待在這裡……」是啊，一個王宏一已經夠可怕了，別忘了還有詭異的小乾啊！

兩個人互看一眼，深呼吸，走吧！

無界森林其實不遠，在走過長長的林道後，會感覺到天越來越暗……雖然現在已經很暗

了，但還是可以感覺到令人窒息的昏暗與寒冷，風越刮越大，而且還帶著不尋常的悲鳴聲。

一路上阿草跟浩呆威都在忙著削尖樹枝，沒有武器的他們太弱了，好歹得先防身；鐘朝暐借了兩個護身法器給他們綁在樹枝上，每個人也都默默唸了一些咒文，希望能有些防護。

「近了。」法海幽幽說著，「也未免太平靜了，好像早知道我們會去無界森林似的。」

「這個世界的無界森林跟人間界的一樣嗎？」鐘朝暐好奇的問著，「我們現在不是應該是在平行時空嗎？」

「是啊，所以眼前只是一樣的景物，但圍籬沒有任何結界力量，森林嘛……恐不恐怖是其次，因為這個世界原本就是鬼獸架構而成的。」法海回身，倒退的走著，「我倒是覺得奇怪，走這麼長一段路，要攻擊的話多的是機會，怎麼這麼平靜？」

光是道路兩邊高聳入雲的松樹就有很多發揮空間了，不，只要鬼獸親自出馬，隨便就能將一個人開腸剖肚。

擁有人類意志的鬼獸，真是棘手的東西……不過，法海勾起淺笑，他倒是很好奇，已經大量嗜血過後的鬼獸，能進展到什麼地步。

眼看著無界森林近在眼前，吊橋遇風也不搖晃，芙拉蜜絲卻突然止步，也阻止大家往前走。

「還沒到……」阿草小小聲的說，「要過前面那個圍籬、再走上橋才行。」

「我知道。」她不安的望著還有十幾公尺的距離，「但是我直覺不該走過去。」

有種強烈的擔憂湧上心頭，她說不上來，但就是不想再往前跨出一步！鐘朝暐的箭隨時備戰，暴走後的江雨晨飛刀也不離手，最沒用的兩個男生只知道靠攏他們，環顧四周。

這小徑太安靜了，松樹緊緊靠攏似是沒有任何空隙，但是粗大的樹幹後頭又像是藏著什麼，蠢蠢欲動。

這是芙拉蜜絲第一次感受到，身在綠樹蓊鬱的大自然間，會有這種寒毛直豎的感覺！

啪啪啪……異聲突地自周圍傳來，大家分向多方察看，看見松樹的樹皮竟然開始剝落，一片片往下掉，且樹開始搖動，不是因為風，而是好像自體正在搖動著。

「備戰！」芙拉蜜絲低聲說著，長鞭已經鬆開。

他們五個人背對背圍成一圈，唯法海在外頭觀察閒晃，他甚至湊近了就近的松樹，看著掉落的樹皮究竟是怎麼回事……啊，手啊！

枯手從樹幹裡伸了出來，所有人都看見了！

「樹裡有人！」浩呆威驚恐的大喊。

第十一章

「那怎麼可能是人……」鐘朝暐左右來回瞄準著，這麼多棵樹，但是他的箭矢有限啊！

「冷靜，冷靜……」一行人原地轉著圈，天哪，這裡少說有幾十棵樹啊，「一定有辦法的……」

「我們該怎麼辦！」

「哇啊啊啊——」說時遲那時快，江雨晨已經衝出去了，「噁心！變態，你他媽嚇我！」就見她衝向某棵松樹，飛刀不射，而是緊握在手上，拚了命的往裡頭捅。

『嘎啊！嘎啊——』驚恐的慘叫聲自樹幹裡傳來，竄出的手掙扎著，跟剛剛惡鬼的手如出一轍，樹幹裡是地獄惡鬼？

不一會兒樹幹裡起了火光，惡鬼銷融成煙……所有人只互看了一眼，對啊，怎麼能等他們出來呢！

鐘朝暐準確射出一箭又一箭，接著再上前回收劍矢，阿草跟浩呆威再害怕也拿著削尖的樹枝往裡刺，芙拉蜜絲長鞭不及他們的便利，只能看著惡鬼伸出一隻手斷一隻手，伸出頭就斷頭。

她站在小徑中間，俐落的甩著鞭子，鐘朝暐總是不經意的注視，芙拉並不知道她那樣的英姿颯颯，簡直帥呆了。

不過大家再努力也不及為數驚人的惡鬼，還是有好幾隻破樹而出，靈巧的跳躍著，直朝他們衝來。

「蹲下！」芙拉蜜絲大喝一聲，轉動手腕，鞭子在半空中擊出清脆的啪聲，一口氣橫掃五隻惡鬼。

還沒來得及得意，身後一股壓力衝至，她瞪圓雙眼立刻回身，就看到一個惡鬼張牙舞爪的撲將而至！

「哇呀！」芙拉蜜絲整個人重重跌上地，雙手在面前交叉，被惡鬼狠狠的以利甲抓出八道傷口，所幸沒有被傷到臉！

『呼哈！』惡鬼一看到鮮血如注的手簡直欣喜若狂，再次攫住芙拉蜜絲的手，張大嘴就要咬下。

「芙拉蜜絲！」鐘朝暐有留意到卻無法分神，因為越來越多的惡鬼朝他們撲來！

芙拉蜜絲咬牙直接伸手掐住惡鬼細如水管的頸子，她的長鞭掉了，一隻手被箝住、一隻手掐著惡鬼，但是惡鬼氣力好大，她會頂不住的——護身，他們不怕手腕上的佛珠嗎？

咒！芙拉蜜絲倏地鬆開掐著惡鬼頸子的手，因反作用力惡鬼整隻往前撲，同時間她把牠渴望的手伸進它嘴內，但是驅鬼咒卻沒有停過。

『唔呃！』惡鬼還沒來得及咬下，芙拉蜜絲就已經刻意把佛珠遺留在他嘴裡，倏地手給抽出來。『啊啊……』

「閉上眼睛跟嘴巴對妳比較好。」一旁傳來涼涼的聲音。

咦咦？芙拉蜜絲聞言不敢遲疑，立刻緊閉上雙眼，抿緊嘴巴，雙手甚至乾脆舉起護著臉部頭部，坐在她身上的惡鬼從嘴巴開始噴出火光，兩秒後變炸成一堆碎塊！

深黑色的血液黏膩的四處噴發，芙拉蜜絲感受到臉上髮上都沾滿了，她嫌惡的睜眼，看著自己身上到處都是惡鬼的殘骸，簡直是噁心死了。

還沒時間爬起來，兩點鐘方向又一個惡鬼破樹而出，基本上現在正流血的她簡直就是大餐指向，他立刻興奮的朝她奔來。

芙拉蜜絲趕緊伸手抓過長鞭，甩鞭而去，但卻帶來極大痛楚，手肘內側的八道爪痕根本道道見骨，惡鬼輕輕一抓，她卻是皮開肉綻的痛苦。

「混帳！」她怒吼著，咬牙見一個鞭一個。「王宏一！你給我滾出來！」

鐘朝暐也難敵如此陣仗，他的箭射出去卻來不及回收，眼看著箭矢已將用盡，他只能用弓當成近身的武器，可是惡鬼靈巧，攀樹跳躍，根本從四面八方而來！而江雨晨的歇斯底里未止，卻不影響她的靈活度，她不射飛刀後都改以閃躲跟暗算，總是要把惡鬼捅爛了才肯霸休。

至於阿草跟浩呆威，他們早就躲到鐘朝暐身邊去了，樹枝能刺一個算一個，可是沒幾分鐘，阿草的樹枝就在刺穿其中一隻惡鬼後，被「順道」帶走了……哇！他不敢去撿啊！

「哇啊——」突地傳來叫聲，芙拉蜜絲回身，看見惡鬼竟成功拖著阿草離開鐘朝暐身邊了。「救我！救命——」

「放手啊你！」她即刻飛奔往前，才要出鞭，不知哪裡來的惡鬼又倏地躍下，擋去她的去向，害她差點撞上！

她是閃過了，但是阿草卻被越拖越遠，來到一棵樹邊，惡鬼似乎想將他扔進牠鑽出的樹洞裡。「救我！芙拉！芙拉——」

她想，但是她過不去啊！芙拉蜜絲光是應付這些源源不絕的惡鬼就已經分身乏術了！

好不容易得了空，她終於可以往前，但惡鬼一腳踩上阿草的身子，動手就要撕開他的胸膛——然後，那惡鬼卻原地被撕成兩半，芙拉蜜絲甚至什麼都沒有看見！

剎那間，所有的惡鬼都停下了攻勢，他們甚至彎下腰，用一種恭敬或是畏懼的姿態退後，大家喘著氣，惴惴不安的環顧四周，這模樣真令人討厭，彷彿有更大的BOOS要登場了。

不過也不需要意外，這裡是誰創造出的空間？還不就是那個傢伙嗎？

在大樹之間，從容的走出了王宏一，他依然穿著制服，只是不如小乾乾淨整潔，制服中間有道裂痕，灰青色的血染上裂口處，芙拉蜜絲不由得想，那是否是源自法海在學校時的傑作。

嗯？說到法海……芙拉蜜絲悄悄向旁看去，法海人呢？什麼時候不見蹤影了？

他……難道真的把他們扔下了！

『很痛吧？』王宏一盯著躺在地上的阿草問著，阿草正喘著氣，他剛剛被踩的那一腳肋骨斷了，內臟似有破裂，嘴角流出鮮血。『我也很痛啊……』

「不……不是……」阿草掙扎想要說話，血沫從嘴角噗噗而出。

『嗄？你說什麼？』王宏一趴了下來，伏在阿草嘴邊，『我聽不到，說大聲一點……』

電光石火間，王宏一大嘴倏地一張，啪嘶的咬掉了阿草的臉！

「哇啊啊啊——」阿草淒厲的慘叫著，沒幾秒血就倒流進嘴裡嗆著了他！

他鼻子以下的臉皮被撕扯而下，王宏一還咀嚼得津津有味，躺在那裡的阿草開始被血嗆到而劇烈咳嗽，全身抽搐著。

『真好吃……』王宏一刻意誇大嚥下的動作，『從來不知道人竟然這麼好吃，而且能給予力量！』

「啊啊……咳咳！」阿草半翻側身，血流如注，王宏一滿嘴鮮血的看著他，像是在打量著接下來該吃哪一塊似的。

『接下來是手？還是腳？』王宏一忽地看向浩呆威，『浩呆威，你來決定！』

浩呆威聞言拚命搖頭，他已經躲到了芙拉蜜絲身後。

『躲也沒用的，我一定會把你吃得骨頭都不剩……然後我就什麼都不必怕了。』王宏一邊說，一邊扭下了阿草的手臂，輕鬆至極。

「哇啊啊——啊——」阿草痛哭失聲，「對不起！對不起對不起——」

王宏一嘶嚕的一口就吞下了整條手臂，大家只能呆站著看他如何凌虐阿草，牠不打算給阿草好死，慢慢的折磨著他，背後的浩呆威抖到不像話，伏在芙拉蜜絲的背上連瞧都不敢瞧。

『浩呆威，躲在芙拉身後是沒有用的。』王宏一嘴裡塞滿肉還在說著，『她能奈我何？』

「王宏一，你、你少這麼囂張！」芙拉蜜絲即使害怕，還是故作堅強的嚷著，「我、我有法海喔！」

『法海？』王宏一顯得有些困惑，牠不認識法海是正常，因為法海是王宏一失蹤那天轉學來的，『剛剛那個金髮的男生嗎？』

「對！他能對付你的！」芙拉蜜絲說得好大聲，問題是法海不在啊！

『真好笑，金髮碧眼的取個禿頭和尚的名字！呵呵……』王宏一笑了起來，這太詭異了。『問題是，他人呢？』

芙拉蜜絲飄忽著神色，鐘朝暐都不安的看過來，是啊，法海人呢？怎麼不聲不響的消失了？

「煩死了啦！」芙拉蜜絲不想回答，冷不防一鞭就往王宏一抽去！

王宏一瞬間穿過了松樹，鞭子擊上松樹幹，撲了個空！

『三個護身，也不一定傷得了我——等我吃掉阿草之後。』王宏一高舉起只剩下軀幹的阿草，他的四肢都已被拔除，剩下一個頭跟身體，卻還活著。

奄奄一息的活著，頭不停的點著像是反射動作，甚至無法知道他是否還有意識。

『你知道，被惡鬼吃掉的感覺是什麼嗎？』王宏一咧開了嘴，從阿草的軀幹下方開始咬。

一寸一寸的咬斷、一寸一寸的嚼食。

「啊啊——哇啊——」被叼在嘴裡的阿草劇烈的掙扎抽搐，「好痛——哇啊哇啊——」不絕於耳的淒厲叫聲迴響著，芙拉蜜絲甚至懷疑是王宏一刻意讓阿草「不死」，去感受那種被嚼食的痛楚；她緊握著拳，兩隻手都好痛，她趁空撕開上衣當繃帶，簡單的包裹著，但深可見骨的傷口讓她的手不自主的發抖。

『不急，我會吃掉妳的。』王宏一彷彿知道她在想什麼，『芙拉，我喜歡妳，我會把妳變成我的一部分！』

「你怎麼不死透一點?!」芙拉蜜絲冷冷的說著，江雨晨上前幫忙她將繃帶打結。

『是啊，為什麼我不死透一點？』王宏一冷冷笑著，『我想，就是為了活下去，然後讓大家都感受我的存在吧！』

變態！芙拉蜜絲二話不說甩起鞭，狠狠的朝王宏一鞭去，忍著手痛一鞭再一鞭的不間斷，不管他怎麼閃，她就是一路追上前去。

「芙拉蜜絲，不要再往前了！」鐘朝暐憂心大吼，「太靠近說不定會有危險！」

江雨晨惡狠狠的轉向身邊蠢蠢欲動的惡鬼，牠們都怕王宏一，王宏一沒吭聲，就誰都不敢動對吧？所以她緊握著刀子，一刀又插進了鄰近惡鬼的頭裡，一個接一個的使用咒文消除牠們。

這引起了惡鬼的忿怒似的，牠們反而全部動了起來，瘋狂的張開血盆大口想要吞食，而前方衝動的芙拉蜜絲早就追著王宏一繞過了松樹幹，才繞過去卻不見人影。

她瞻前顧後，什麼都沒瞧見，倒是上頭窸窸窣窣，落下了好些針葉……芙拉蜜絲撥去了肩上的針葉，感到手尖黏膩濕滑，才發現落下的針葉，是紅色的。

咦？芙拉蜜絲倏地抬頭，看見王宏一拉著松樹尖端，由上而下俯衝而來。

「喝！」她知道短距離來不及使鞭，所以她早先把護身法器勾在中指掛於掌心，倏地打直手臂向前，開始認真唸咒！

王宏一速度過快措手不及，來不及撤離，加以松枝極具彈性，牠即使煞住了力量還是往前彈了一小段距離，芙拉蜜絲哪可能放過這種機會，硬是把手貼上牠的額頭。

滋……那就像肉片擱上鐵板一樣，冒出陣陣白煙，倒是沒什麼香味就是了。

『啊！』王宏一倏而向上消失，僅僅觸碰到法器數秒而已。

可惡！真是太不公平了，擁有邪力簡直可以為所欲為！她趕緊繞回外頭，外面的惡鬼攻勢正猛烈，她揮鞭的次數有限，因為每揮一次，就會覺得手上的傷口彷彿要裂開似的！

「呀——放手放手！」三隻惡鬼同時攻擊江雨晨，終於得空抓到她的手一口就咬下去，她痛得失聲尖叫。

儘管手上有帶法器，但是惡鬼巧妙地不咬手腕，還能先品嚐一口，他們大概打算先把手咬斷，就可以盡情享受剩下的部分了。

「雨晨！」芙拉蜜絲趕緊以鞭勒住該惡鬼的頸子，給江雨晨時間用刀，可是其他惡鬼跟著蜂擁而至，這逼得芙拉蜜絲不得不往前去，抽起腰間的刀子輔佐。

但是他們根本難敵這麼多惡鬼，鐘朝暐也被抓得傷痕累累，他只能避免不被咬到，卻沒有辦法避開被抓傷得皮開肉綻！

至於浩呆威，他根本沒有生命危險，惡鬼完全不理他，因為他是專屬於王宏一的獵物啊！

「喝啊！」芙拉蜜絲扯下兩名惡鬼後，江雨晨也淨化了咬住她手臂的那隻，不過她現在鮮血淋漓，回身瞥了芙拉蜜絲一眼，就直接暈了過去。「喂——江雨晨！妳暈倒要挑時機吧！」

芙拉蜜絲根本撐不住江雨晨的重量，手又痛得要命，只得把她往地上扔，但是這麼一扔，就必須守著她啊！

「醒來啊！江雨晨！」她開始往她臉上巴著，「江雨晨！」

無動於衷，芙拉蜜絲此時好希望她暴走喔！

鐘朝暐節節後退，剩下沒幾隻惡鬼，但是他卻已經耗盡氣力，往芙拉蜜絲這邊來，「芙拉，妳掩護我一下！」

「掩……好！」芙拉蜜絲撐著身體站起來，她開始嚴重懷疑王宏一是要耗盡他們氣力了。

咬牙使鞭，由於傷口的緣故，力道不那麼準確，但只要能揮上惡鬼，鞭上的法器就能使出威力，將惡鬼銷融；奔回來的鐘朝暐氣喘吁吁，倒沒閒著的在江雨晨周圍用弓畫出一個圓，開始使用簡單的法陣。

唉呀！芙拉蜜絲這才想起來，這些都有教啊，她是學到哪邊去了！她不能每次一衝動就一股腦的只會用暴力，要思考！

「進來！」一收工，鐘朝暐伸手就把芙拉蜜絲往圓陣裡拉。

「啊啊……」他不知道她手傷得多重，這一扯引出她的尖叫，「要死了啦！」

芙拉蜜絲不支的單膝跪地，放眼望去就只剩五六隻惡鬼，如果她手可以再靈活些，一定可以把這些惡鬼都打回地獄去。

腳步聲急促的由後奔來，鐘朝暐才在喘息，回頭一看就見到浩呆威焦急的把暈厥的江雨晨硬生生拖出陣外，自己趕緊鑽了進來。

「浩呆威！」鐘朝暐驚訝的大喊著，「你在做什麼！」

咦？芙拉蜜絲回首，看著被拖到外面的江雨晨，還有根本已經被破壞的陣圖，簡直怒不可遏！

「你把陣圖破壞了，在做什麼！」她忿而起身，一腳踹倒浩呆威，再踩過他身上要去把江雨晨給拉回來。

鐘朝暐焦急的想要再把圖恢復，卻不經意看到另一雙腳。

『這對我沒用的。』仰起頭，王宏一笑著這麼說。

牠一把揪起壯碩的鐘朝暐，狠狠就往遠處的樹上扔了過去。

芙拉蜜絲驚恐回首，只聽見骨頭斷裂的聲響，鐘朝暐大喊一聲，落地就暈了過去；而浩呆威嚇得拚命往無界森林的地方跑，王宏一則專注的走向他。

只專注的走向他。

惡鬼急速的朝鐘朝暐前進，芙拉蜜絲不得不捨下江雨晨，抓起長鞭起身使勁朝著那五個惡鬼揮去，她覺得手要斷了，每吋肉都要裂開了，可是不這麼做，鐘朝暐會被吃掉、會變第二個鬼獸的。

「夠了。」

她的手條地被扣住，緊接著一串銀色鍊子拋扔出去，鍊子相當的長，上繫墜子而有重心，迴旋數圈後便套住了惡鬼的頸子……不。

與其說是套住，不如說是斬首，那力道之大，能夠套上頸子後再斬斷、接二連三的斬著，一口氣斬去所有惡鬼；只是與他們的銷融不同，那些倒地的惡鬼卻是像蒸發似的冒著白煙。

芙拉蜜絲蹙眉，那是十字架嗎？

她腳軟的微蹲，轉頭看向扣住她手的人，只有怒火中燒。

「他媽的你是去哪裡了！」她吼著，擊上他的身子，無動於衷。

「我說過我沒義務了，總是要讓妳瞭解一下。」法海笑著說，他還笑得出來，「不過妳很努力了，不錯……只是還不夠。」

「閉嘴！」芙拉蜜絲氣急敗壞的推開他，把注意力放在王宏一身上。

浩呆威跪坐在地上往後爬行，王宏一逼近一步、他就趕緊退後兩步，那像是精神凌遲，浩呆威道歉的話語不止，慌亂的不能自已。

『知道了吧，他們是什麼樣的人。』王宏一頭也不回的說著，『芙拉，要是我說，只要他把妳殺了，我就會放過他，浩呆威也會照做的。』

「關我屁事。」芙拉蜜絲吃力的往前，「我現在只想解決你……為我自己。」

因為她知道，一旦王宏一吃掉浩呆威後，接下來就是她了。

王宏一緩緩轉頭，眼神透著紅色的光，表情轉為猙獰，『我已經擁有力量了，你們誰都奈我不了！我是最強的懂嗎？』

「懂你個頭！」芙拉蜜絲啪的甩鞭，瞬而繞住了牠的手腕。

不管鞭子上有幾個護身法器，對王宏一毫無影響，牠反轉手腕拽住長鞭，與芙拉蜜絲形成一種對峙，但是沒有強拉的意思，反而像是一種炫耀，告訴她，她傷不了牠分毫。

『妳就這點本事嗎？』王宏一笑了起來，『啊對，妳已經沒同伴了。』

芙拉蜜絲氣忿擰眉，地上躺著江雨晨，身後某處摔著鐘朝暐，但是她還有法海！「誰說的！或許這些法器傷不了你，但是我還有——」

回身想撂人嗆聲，卻一怔，人呢？法海怎麼又不見了！

『還有什麼？妳充其量就只是個普通人，芙拉。』王宏一自負的模樣甚至比生前更惹人厭，『你們都只是普通人，竟然敢反抗我！你們全部都是蠢蛋，搞不清楚我是什麼人！』

「你是孬種、只聽媽媽話的乖兒子，什麼都依賴的幼稚鬼，我怎麼會不清楚？」芙拉蜜絲嘲諷的笑了起來，「聽聽你說的話，跟你媽還真如出一轍呢！」

『閉嘴！』王宏一莫名其妙惱火起來，『我本來就是最厲害的，我能領導所有人……就是有你們，這些傢伙才敢不聽我的……沒關係，不重要了，我有力量了，誰都得怕我……』

「我不怕。」她聳了聳肩。

『妳會的，妳會跟我討饒的。』王宏一眼神下移，落到了躺在地上的江雨晨身上。

芙拉蜜絲瞬間察覺不對勁，急著想有動作，王宏一就拽緊長鞭，意圖將她往前拉，逼得她不得不穩住身子，避免自己被拉過去！

注意到王宏一正回首對著芙拉蜜絲說話，浩呆威就趁機想要溜之大吉，翻過身爬著離開，芙拉蜜絲也刻意不看他，想為他掙條生路，但是王宏一卻突然左手向後，好好的手掌心又有爛泥漿似的東西衝出來，立刻纏住了浩呆威的腳踝。

「哇！」浩呆威直覺想抓住地，但雙手怎能抓地呢？沒一會兒就被往後狼狽的拖回。泥漿狀的手緊緊纏著他的腳，王宏一輕輕一瞥，往前走了兩步……這又將芙拉蜜絲往前拖了一小段，然後他一腳踩上浩呆威的背，浩呆威發出驚恐的叫聲。

芙拉蜜絲試圖將王宏一往後拉，根本徒勞無功，慌張的回頭看去，法海呢？他為什麼說不見就不見？這種危急時刻，他可不可以不要挑這個時候要她訓練實力啊啊啊！

她又不是白素貞！是的話還需要怕這鬼獸嗎，是的話她就是妖啦！高階很多耶！可惡！

『不能再讓你逃了……』王宏一睨著浩呆威，他顫巍巍的側首向上，恐懼的搖著頭，嘴裡喃喃不停的喊著不要。

不要不要！「是你的錯！從來就是你的錯！」

『我不會有錯的！我永遠是對的！』王宏一驀地暴吼，那右手啪嚓的扯掉浩呆威的右腿，還扭轉了半圈，將膝蓋骨邊的筋給扭下。

大概是速度太快了，連浩呆威都驚愣了兩秒後，痛覺才傳達到腦部，「哇啊——啊啊啊啊——」

血從膝蓋噴發出來，浩呆威登時翻滾在地上哀嚎慘叫，王宏一嘶嚕的一口將小腿塞進嘴裡，嘴巴撐得如臉盆大，喉嚨伸縮自如，把小腿塞進去時，芙拉蜜絲可以看見牠胸口出現腳掌的形狀。

緊接著浩呆威如噴泉般的傷口突然停住，血滴停凝在半空中，甚至往傷口裡竄去，像是捨不得離開似的，或是說……還不打算讓他死。

下一秒，王宏一手包住傷口斷面，浩呆威發出慘叫聲，因為一團火在他傷口處燒起，把皮膚血管燒熟，卻也止住了血。

『媽媽說過，我想法很好，我做什麼都是對的，不可能有錯……要錯也都是你們……見不得我優秀、見不得我好。』王宏一喃喃唸著，『嫉妒我的，排擠我的，老師、同學通通都一樣……這世界上，有力量的人本來就是贏家！』

說時遲那時快，王宏一一邊吼著卻轉過來，一伸手往上，江雨晨就整個人飛離地面！

「你做什麼！」芙拉蜜絲吼了起來，「放下她！」

『沒問題！』王宏一手一放下，江雨晨整個人就重重摔落地。

「住手！」芙拉蜜絲心都涼了，原本沒事的人這樣摔也會摔出問題來！「你別針對他們！」

『誰針對他們了？』王宏一笑得很滿足，『只是骨頭太多不好吞。』

牠倏地張嘴大吼，大地竟為之震動，芙拉蜜絲慌張的環顧四周，看見松樹根全數從土裡掙扎而出，將昏厥的江雨晨跟鐘朝暐雙雙捲起，舉到了半空中。

粗大樹根一圈又一圈纏繞他們的身子，根本連想都不必想，王宏一想要讓樹根絞碎他們的身體！

「不要這樣！王宏一！」芙拉蜜絲簡直怒不可遏，「你如果還有人性的話，想一想這都是你同學啊！」

人性？王宏一血紅的雙眼帶著狂亂的笑意，牠是鬼獸，怎麼會有人性啊！如果有的話——

『我一直很想很想……把我看不順眼的人都殺了！』王宏一張開血盆大口咆哮著，噴出來的飛沫全是血珠，牠倏地鬆開左手上的長鞭，芙拉蜜絲整個人狼狽的向後倒去！

『妳喜歡看誰先被壓碎？』王宏一笑得喜不自勝，『我喜歡妳的一點，就是自以為能幫助別人……啊，先從鐘朝暐開始好了，先碎掉他的脛骨。』

咦？跌坐在地的芙拉蜜絲回首看著樹根捲上鐘朝暐的左小腿，輕而易舉的喀嚓數聲，那小腿就像沒了骨的橡膠，軟綿綿的垂著。

朝暐！芙拉蜜絲難受的看著沒知覺的鐘朝暐，知道接下來的情況會更加慘不忍睹，怒火從胸口中燃燒，她忿忿的回首瞪著王宏一，全身都因忿怒而發熱。

『就是這種眼神……每次妳干涉我時都是這樣。』王宏一滿意的笑著，『可是妳根本救不了任何人，我會最後一個吃妳，先讓妳看看妳不能救任何人……』

牠轉向江雨晨，樹根刻意挑開她的右手，目標是碾碎她的手。

芙拉蜜絲緩緩站起身來，她緊握著長鞭，此時此刻的她不再感到手部的疼痛，她只知道……不僅不能在鬼獸面前屈服，更不能在王宏一面前屈服！

更不允許鬼獸傷害她的朋友！

「我，絕對不會讓你碰我一根寒毛！」芙拉蜜絲怒不可遏的嘶吼著，「也不許你碰我朋友！」

長鞭強而有力的朝王宏一甩去，他用輕蔑的態度迎向那甩來的鞭子，右手輕鬆一伸，瞪圓的紅眼對準鞭尾，張手又是一握——啪！

五根指頭頓時被削斷，同時斷口處都冒出零星火花。

——咦——芙拉蜜絲跟王宏一都愣住了，兩個人都瞪著那被削斷的指頭，還有在空中一閃而逝的橘色火光。

跟那天一樣！芙拉蜜絲看著王宏一臉上那未曾消失的焦黑傷疤，根本不能猶豫，她即刻收鞭，以迅雷不及掩耳的速度往他臉上狠狠再揮上一鞭！

王宏一震撼過度，來不及應付那鞭，鞭子揮上牠的臉登時裂開，火花確切的彈在半空中，而裂開的表皮下正是醜惡的且佈滿肉瘤的鬼獸之身……

『為什麼……』王宏一一臉不可置信，『怎麼可能啊！』

「不要停。」法海忽然從鄰近王宏一旁的松樹後閃出，非常的近，「芙拉蜜絲，使勁的揮鞭，好好教訓這個傢伙！」

「那有什麼問題！」芙拉蜜絲鬥志高昂，原地將鞭子往上抽，由下而上筆直劃開王宏一的胸膛。

『吼吼吼吼——妳區區一個人類——』王宏一忽然開始變形，以鬼獸之姿對付這小小人類。

但是法海卻唸出咒文，右手伸直對著王宏一，張開的手指正對著牠，然後倏地一收掌……做出像是緊握住一個東西般，然後掌心向下一壓！

『哇！』王宏一整個人四肢貼近身子，就像被掐住似的，啪的彎下腰，竟露出不可思議的眼神，『這是——這是什麼！』

牠不能動了？芙拉蜜絲眼見王宏一無法動彈，哪可能放過這個機會？她用力抓了抓長鞭，鞭子卻因手臂上流下的血而顯得濕滑，她咬著牙索性把上衣都撕開，緊緊把自己的手跟鞭子纏在一起。

精瘦的體格其實看得出都有鍛鍊，裡面穿著一整片很奇特的內衣，從胸口到腹部一大片包著，法海覺得有點可惜，怎麼不是可愛的內衣呢？

「幫我撐一下，法海。」她用牙齒打了兩個死結，怒急攻心的瞪著王宏一。

「盡快。」法海瞇起眼，手停凝在空中，依然是一種抓取狀。

一綁好，芙拉蜜絲毫不猶豫的就抽上一鞭，為了不傷及法海，她大膽走得更前面，對著扭曲的王宏一身上鞭打，對準牠的手、牠的腳、牠的身子，用盡全身的力氣，狠狠抽上好幾鞭。

她的鞭子曾幾何時轉成了橘紅色，泛著淡淡橘光她都沒有發現，她只知道怎麼樣施力讓鞭子準確、讓鞭子抽到王宏一身上得以有最大的破壞力，還有內心源源的怒火！

「鬼獸有什麼了不起！你力量大有什麼了不起，以前的人可以贏過你，現在也可以，不要小看我們人類！」芙拉蜜絲的怒吼聲未曾停止，「還有，你一直都是錯的，全世界認為你對的只有你媽！你那個沒有是非的媽！」

『吼——』王宏一發出野獸般的吼聲，牠的全身上下都被鞭笞而綻裂，但每一處綻開的地方都瞬間焦黑，這給牠帶來極大痛楚，因為……牠的體內也在燒啊！

「芙拉蜜絲！不要再鞭了！」法海大喊著，「把鞭子繞上牠的頸子！然後唸著妳最擅長的驅魔咒！」

「咦？」她有些慌亂，「驅魔咒？我、我不確定……」

「快點！不能給牠時間恢復！牠是強大的鬼獸！」法海喝令不許她思考，「妳只要想著除掉牠就好了……想回家，就要把鬼獸解決掉，我們就能離開鬼妖之門了！」

離開！對！芙拉蜜絲雙眼一亮，大家就都能得救了，鐘朝暐的斷骨、雨晨的傷，甚至是浩呆威說不定都來得及！

芙拉蜜絲深吸了一口氣，以身子當圓心立穩，完美的在原地轉著圈，增加鞭子的力道，最終優美的拋出長鞭，距離之近，得以在王宏一的頸子上繞上五圈有餘。

「……芙拉！」王宏一忽然恢復成人模人樣，眼神正常的望著她，「不要這樣，好痛，真的好痛……」

芙拉蜜絲顫了一下身子，眼前的王宏一身上哪有焦痕，只有皮開肉綻的鮮血淋漓啊！

「對不起，我知道錯了……都是我媽，我媽一直跟我說我是對的，你們只是嫉妒我而已，只要我有力量的話，你們都會信服我的！」他哭得泣不成聲，「我不是故意要害人的，是鬼獸、是鬼獸讓我嗜血……」

「芙拉蜜絲！」法海大吼著，「鎮定，那是魑魅的招數！」可惡的魑魅，躲在哪裡使賤招啊！

「芙拉！」王宏一涕泗縱橫，「我真的真的很喜歡妳！」

「我，」芙拉蜜絲忽然收緊鞭子，「他媽的一直都很討厭你——也討厭你媽！」

芙拉蜜絲伴隨著大吼，腦子裡想到的是不知道傷勢如何的鐘朝暐、受傷的雨晨，被嚼碎的阿草，還有被蒸熟的陳廣圻……體育老師、其他同學、伊兒莎——以及她家的門閂！

不管鬼獸保有誰的意志，邪物就是邪物，人人得而誅之！去死吧！

怒火彷彿化成火燄般，讓她全身發燙，長鞭幾乎燙得拿不住手，但是她手與長鞭緊緊縛著，誰也脫不開，長鞭發出璀璨橘光，一路燒上王宏一的頸子。

芙拉蜜絲緊閉上雙眼開始唸咒，她會的驅魔咒就那麼幾個，她只要專心一意唸著，她要封印這隻鬼獸、殺掉牠！因為她要回家、她要救雨晨他們！

『啊啊啊——』王宏一驚恐的喊叫著，全身跟著像炭火似的發紅，不敢相信的轉向芙拉蜜絲，『不可能，妳、妳——』

法海悄悄鬆開手，王宏一血紅雙眸瞪向了他，連眼睛裡都開始迸出橘光，火，宛似要從裡頭衝出來了。『你——怎麼可以——』

噓……法海勾勒著俊美笑容，食指擱上唇，右手對著牠，隔空做了一個彈指的手勢，啪。

王宏一的身軀瞬間四散，彷彿真的被彈散一般，碎塊迸射得到處都是，像是燒紅的炭塊散落一地，唯獨剩下那顆變形扭曲的頭，在地上滾動掙扎，只是還沒消失。

牠用極怒的眼神瞪著天空，不甘願的慘叫著。

法海望著芙拉蜜絲，瞳仁反射著橘色光彩，很久很久沒有見過這麼美的景象了……

芙拉蜜絲的唸咒聲未止，法海悄悄緩步上前，輕鬆的踩過斷肢殘臂，踩下那些碎塊時會激出紛飛的橘色火星，然後雲煙消散；直到走到那像橘色寶石般發光的頭顱前時，王宏一依然猙獰，牠再也無法言語，只能咬著牙瞪著、怒視著一切。

「我叫 Forêt，不是什麼禿頭和尚。」

還沒完！他逐漸消失前，用嘴型一個字一個字的說著，還沒完呢！

橘色炭星飄散在空中，法海望著紛飛的餘燼，眉頭卻不禁微蹙，怎麼回事？這不該是正常現象啊！仰首望天，昏黑的天際不變，結界未去，他們還沒有離開這鬼妖之界！

身後的唸咒聲停了，芙拉蜜絲緩緩睜開雙眼，眼裡只映著前方貴公子的身影，他正回眸衝著她微笑，已不見任何鬼獸的影子。

手中的鞭子早已落地，她雙腳一軟跪上了地，雙手抖個不停，血早已染紅了與鞭子緊縛的衣服布條，她不僅指尖發熱，全身上下也像火燒似的，不知是怒氣沖天還是因為腎上腺素激發的原因。

攤開顫抖著的掌心，她的指尖竟然是半透明的，淡金橘的光包圍著手，或者說是她的手裡透出這種詭異的光芒。

「我……我的手……」

修長的手伸來，將她的手輕柔握起，包裹在掌心裡，芙拉蜜絲感受到一股冰涼鎮定了她發燙的手掌；仰起頭的她帶著驚慌，淚水不自禁的從眼眶裡淌落。

「沒事，沒事了！」法海難得溫柔的笑著，蹲跪在她面前，「別擔心，什麼事都沒有了！」

「不……我的手……法海，我的手！」她緊咬著唇，「天哪！難道、難道——」

法海輕柔的為她拭去淚水，捧起她的臉，給予的卻是肯定的笑顏，「妳這樣，才叫努力夠了。」

芙拉蜜絲腦袋一片空白，她——從來沒有想過會有這種事，她的手漸漸恢復成以前的模樣了，但是剛剛的發光模樣、能傷害強大的鬼獸，甚至解決掉牠，那根本不是普通人或是她帶法器能辦到的！

這一切是因為——她是闇行使?!

第十二章

「鬼獸死了嗎？」芙拉蜜絲戰戰兢兢的問著，「可是、可是我們還在這裡……」

「這不尋常，只怕鬼獸還沒解決……有東西在保護牠。」法海輕輕的將她攙起，「但妳不要擔心，結界已經非常薄弱，我只要稍微處理一下就能瓦解了。」

「還沒死……這是什麼意思？牠還會再捲土重來嗎？」芙拉蜜絲整個人都傻了，她沒有辦法再來一次啊！

「……是。鬼獸畢竟不是人，本體是地獄的邪惡生物，他們擁有力量，我猜想是有人保住鬼獸的一部分，讓牠就算在這裡被摧毀也不會徹底死去。」法海微蹙著眉推測，「不過牠現在很脆弱，除非再大量急速的嗜血，否則不可能短時間恢復。」

「保牠？」芙拉蜜絲瞪圓的雙眼，「誰會想去保護一個鬼獸啊——呃！」

一口氣上不來，胸口心悸劇痛，芙拉蜜絲立刻按住胸口，往前直直倒上法海的身子。他趕緊護著她，撐住她的身子輕輕拍拍她。

「別激動，妳得先學會調息……」法海按住她的肩頭，「這份靈氣必須收放自如才行。」

芙拉蜜絲大口喘著氣，法海正撫著她的短髮，那有相當舒緩鎮靜的功效……芙拉蜜絲輕闔雙眼，就這麼靠在法海的胸前，好舒服的感覺，法海身上好香……

「這件事我來解決，妳不要激動，深吸一口氣……只要顧著好好呼吸就好了。」他的聲音在她耳畔輕喃，法海的音質相當乾淨悅耳，聽進耳裡如此舒暢。

芙拉蜜絲呼吸漸穩，指尖的熱竟也漸漸褪去。

「啊啊……」後頭傳來痛苦的哭泣聲，還有在沙土地上因爬行而摩擦的聲響，「嗚……芙拉！芙拉！」

芙拉蜜絲睜開雙眼，微抬首越過法海的肩頭往後，浩呆威抱著斷腳在打滾著，她直起身子，先將手上的衣帶拆開，她的手現在疼死了。

「妳得趕快治療。」法海將她拉站而起。

「我去看一下浩呆威他們……還有，攤車。」她望著法海，「總是得找到趙伯他們的屍體。」

「嗯……我去看看江同學他們，再去設法把結界瓦解。」法海聲音很輕很低，「妳自己留意。」

芙拉蜜絲點點頭，還是有些擔心，「小乾他……」

「那個也交給我，他現在在遠處觀望著，魑魅都很懂得自保。」法海微鬆開手，「對了，芙拉，妳記得以前上課有學過，關於鬼獸的嗜血習性嗎？」

「嗯？」芙拉蜜絲眨了眨眼，「學、學過啊，怎麼了？」

只見法海劃上微笑，聳了聳肩，一句話也不答就往江雨晨的身邊走去；芙拉蜜絲看著他離去的背影，皺著眉回身，吃力虛弱的朝著在邊界打滾的浩呆威走去。

浩呆威在橋旁的空地哀嚎著，他血色盡失，芙拉蜜絲彎身探視，並且把他往裡拖了一點；無界森林中的深溝深不見底，從這裡往下看只見一片漆黑，就怕浩呆威一不小心滾下去。探視著腳的斷口，實在噁心，焦黑一片不說，還有斷筋殘肉乾縮在傷口周圍，但是卻有效止住溢流的血。

「你暫時死不了的！」芙拉蜜絲拍了拍他，「忍著點疼啊，你至少還活著！」

「啊啊……好痛……我的腳、我的腳沒有了！」浩呆威哀鳴著，臉色蒼白。

芙拉蜜絲嘆口氣，她雙手割成這樣都沒哭天搶地了，忍著就是了……從身上拿出手電筒，她做好心理準備，就著邊界小心翼翼的往下照，她只祈禱能夠照到一點點線索，不管是攤車、或是誰的屍體甚至書包都好……

雖然現在這個空間是屬於鬼獸的，但是法海已經說牠很虛弱了不是嗎？而且……芙拉蜜絲望向自己涔涔滴血的手，好歹她是闇行使是吧？她能做的事或許更多了！

光源照向黑暗深淵，其實沒有多久，她就看到了毀壞的輪子，卡在一株岩壁長出的樹旁，再下面幾公尺，就可以看見大家都熟悉的冰淇淋攤車。

芙拉蜜絲難受的閉上雙眼，頹然坐直，關上手電筒……她知道了，關於鬼獸的嗜血習性……為什麼法海要問她這個問題。

「那天發生了什麼事？」芙拉蜜絲幽幽出口，「小乾一直在問著的，就是這件事嗎？」

「啊……我們現在回到人界了嗎？可是那些樹的樹根還是在土壤之上啊！」

「浩呆威，」芙拉蜜絲突然向左看向掙扎坐起的他，「誰下的手？」

「咦？」浩呆威蒼白的臉上帶著淚水，不明所以的看她。

「鬼獸嗜血成性主要是因為血能帶給他力量，殺戮越多邪力越高，他們是不挑食的，但是……他卻執著要先吃掉你們兩個，你跟阿草。」芙拉蜜絲重新正首，再度望著深淵，「只有一種情況鬼獸會對獵物有所執著——」

一陣沉默漫開，浩呆威蹙著眉看向芙拉蜜絲，又吃力的移動著。

「那就是他結合的人類意識，還保有被殺死的記憶，強大的報復心態會讓鬼獸先選擇加害者食用，這相對也會增加邪惡的力量。」浩呆威接了口，字字句句毫不含糊。

芙拉蜜絲扳開手電筒的按鈕，再往下照去，「在這裡就可以看見攤車上的書包，上面有好幾個徽章，那是王宏一的吧？」

她沒有記錯的話，一開始在體育室裡時，那醜惡巨大的鬼獸儘管變形，但她還是認出那是王宏一，而且……鬼獸的後腦勺一片血肉模糊，有個腐爛的缺洞。

所以，王宏一一直都是有目標的，他怨恨的意志反吸收了惡鬼，找尋讓他力量變得更加強大的目標——加害者！

「是他先想讓我們死的，我們是為了自保。」浩呆威的聲音變得平淡，「芙拉，我們是不得已的——」

「住口，一切都是——」芙拉蜜絲忿忿的回過身子，卻看見身邊的浩呆威曾幾何時已高舉著粗大的樹幹，正對著她狠狠掃了過來！

芙拉蜜絲驚愕的看著揮來的樹幹，在這麼一瞬間，她覺得她看見了王宏一死前最後的影像——「對不起！」浩呆威還大喊著。

樹幹狠狠揮下，卻在她的額旁停下，芙拉蜜絲完全僵直無法動彈，看著停在太陽穴邊的樹幹，被一股力量硬生生擋下；雙手持握樹幹的浩呆威不可思議的瞪圓雙眼，顫巍巍的望向她的身後。

一雙半透明的手扣住了樹幹，芙拉蜜絲沒有回頭，只是看著那手倏地反握住樹幹，使勁的往後一推——浩呆威雖是跪地，卻還是踉蹌向後仰，與此同時，從崖邊倏地伸出好幾隻手，瞬間拉住了他的身子。

「咦？」浩呆威根本措手不及，眨眼間翻身滾了下去，「哇啊啊——芙拉蜜絲！」

完全的直覺反應，芙拉蜜絲沒有辦法經過大腦思考，她趨前一伸手就抓住浩呆威的右手，及時拉住了吊在懸崖邊緣的他！

就算不該救不能救，就算他前一秒也想把她打入深淵，她卻還是出手抓住他了！……她怎麼這麼愚蠢！為什麼會直覺性的救人啊，芙拉蜜絲！

「啊啊啊，求求妳不要放手！芙拉……」浩呆威泣不成聲，掙扎著舉高左手想吊攀住邊緣，助自己一臂之力，「對不起對不起，我真的太害怕了，我覺得王宏一一定會想殺掉我們，所以我跟阿草才、才……」

「王八蛋！那你認為我也會殺掉你嗎？」芙拉蜜絲咬著牙，好痛，她的手痛到沒辦法施力了啊！

「芙拉！握緊！芙拉——」浩呆威也感受到她握不住了，自己的手正在滑動中，「我不想死！我不想死啊！！」

『我也……不想死啊！』幽幽的聲音突然從浩呆威的耳邊傳來，芙拉蜜絲瞪圓了眼，看見有個半透明的人竟攀在浩呆威背上，從他身後露出臉來。

「小、小兵……」芙拉蜜絲望著熟悉的同學樣子，小兵趴在浩呆威的肩後，緊緊纏著他。

『我也不想……』更下方傳來有著年紀，淒楚的聲音，芙拉蜜絲沒辦法探身往前，但聽起來就像是平常那個總是和藹可親，打著招呼的趙伯啊！

「哇啊！不要拉我！不要！」浩呆威忽然驚恐大喊，身子突然下墜，芙拉蜜絲緊張的趕緊拉緊他，但是每道傷口都被瞬間拉扯裂開。「芙拉蜜絲！」

「啊啊——」痛楚難耐，可是芙拉蜜絲放不了手啊！「不！你不要動啊！」

「我被拉下去了，我真的被——」浩呆威歇斯底里的哭喊著，拚了命的抓住芙拉蜜絲，她也盡全力的握著他。

她真的盡力了，可是手痛到都麻了，她沒有辦法再撐下去了……芙拉蜜絲哭了起來，她討厭浩呆威，但是並不想讓他死啊！

『放手吧，芙拉。』小兵伸長手，來到他們交握之處，『浩呆威交給我們就好了！』

「我不要——」浩呆威瘋狂的用力一撐身子，讓左手向上拉住芙拉蜜絲的手臂——千鈞一髮之際，芙拉蜜絲再也撐不住了。

她再也抓握不住，浩呆威手滑出她的掌心，而差一點點就要搆到的左手也因此撲了個空。

「哇啊啊啊——」浩呆威面露驚恐，瞠目結舌的筆直向下掉，芙拉蜜絲痛苦的趴在自己的手臂上，不敢多看一眼。

『冰淇淋——好吃好綿的冰淇淋唷！』深淵裡，傳來趙伯一貫的親切叫喚聲，『叭——噗——』

天空破了一個洞，透出燦爛的晴天，緊接著像融解一般，東一塊西一塊的融解化開，越來越多燦爛的陽光射入，萬里無雲的藍天顯現，陽光所到之處，高聳的松樹恢復正常蓊鬱翠綠，樹根在土裡安分著，什麼事也沒發生過。

芙拉蜜絲趴在地上昏厥過去，濃蔭篩過的點點陽光照亮在吊橋上，卻永遠照不進那黑暗的無界深淵。

微弱的淡色白光緩緩的從深淵中飄起，像是月色中的雪，輕柔的飄著，落在了身著深藍斗篷的人張開的大手中。

「別擔心，我會超渡你們的，讓你們去到該去的地方。」斗篷人緊握掌心，將魂魄好生收著。

低首看著趴在地上的芙拉蜜絲，再回身看向兩位昏迷不醒的人，遠遠的，他可以聽見紛雜的車聲，還有跳得飛快的心跳。

「闇行使！」自治車隊中有人從窗戶探出頭來，「我看到了，闇行使來了！」

「一、二——」

堺真里高舉著手，難受的瞥了左手邊的門一眼，右手還是放了下來。

一群自治隊員得令，使盡力量拿著木樁往眼前的咒板門用力一撞，咒板門應聲而開。

「散！」第一位自治隊員突然大喝一聲，身後的人或蹲或散開，因為自裡頭射出好幾槍，附近圍觀的群眾也嚇得逃竄！「注意，嫌犯持有槍械！」

「滾——走開！」女人在裡頭尖吼著，「憑什麼進我家！你們憑什麼！」

組長遠遠看了堺真里一眼，他頷首示意，下一秒幾個手勢之後，一組人員就衝了進去。

緊接著幾聲槍響，一陣騷動，堺真里當然相信自己的隊員，要成為自治隊不是普通的菁英，不僅要有矯健的身手、強大的反應力，還要有無畏的精神與膽識，否則怎麼能對付鬼獸、甚至妖獸之屬？

而裡頭，只是一個愛子心切的婦人而已。

不一會兒，王媽媽被五花大綁的拖了出來，她反抗又意圖傷害自治隊員，於理是不需要任何禮遇，更別說她掙扎得兇猛，連走都不願意，只得這樣拖行而出。

「放開我！你們怎可以這樣綁我！」王媽媽披頭散髮聲嘶力竭的喊，「這違法了！自治隊濫權！」

第二小組跟著往裡走，他們全副武裝，包括闇行使給的殺咒都帶著了。

王媽媽瘋狂的眼瞪著自己屋裡，堺真里仔細觀察，發現王媽媽沒有太多擔心，多的是一種忿怒。

「妳把鬼獸窩藏在哪裡？」他上前一步，平靜的問著。

「什麼東西？我聽不懂你在說什麼！」王媽媽眼珠上吊著瞪向他，「劊子手！你們都是劊子手，想殺掉我寶貝的兇手！」

堺真里嘆口氣，蹲下身來，好平視著王媽媽，「妳兒子已經不是人了，是怪物，妳不該窩藏牠，這是對所有人的威脅。」

餘音未落，一旁的人們立刻開始應和，你一言我一語的開始謾罵指責，只要一想到鎮上還有一隻鬼獸未驅，總是惹得人心惶惶吶！更不能接受的是，居然還有人在窩藏鬼獸？

最早醒來的芙拉蜜絲已經火速做了簡單的筆錄，雖然有些細節因為記憶混亂尚無法憶起，但重點都已經出爐；堺真里已經鄭重向大家解釋了所有狀況，包括成為鬼獸的王宏一、大頭，還有被吃掉遺體的小兵跟趙伯等等，他們的靈體都已被闇行使接收。

當然，他也沒有避開要點，關於王宏一殺掉趙伯、小兵及大頭，以及阿草跟浩呆威趁王宏一不備，由後將之打落深淵，並湮滅證據之事。

沒有人的家長願意相信這個真相，被鬼獸所害的家屬們千夫所指的向著王宏一的母親，而王媽媽則異常低調的足不出戶——直到自治隊溝通無效，現在破門而入！

「哈哈哈，啊哈哈哈……你們是該怕我兒子，都該怕，看看你們平常怎麼欺壓他的！現在知道要怕了吧！」王媽媽嘲弄般的大笑起來，「對著我罵有什麼用，他是被浩呆威殺掉的，兇手！殺人兇手！還我兒子、還我公道來！」

堺真里搖了搖頭，知道這樣問下去不是辦法，只好起身往屋子裡走去，隊員正在搜索，如果有鬼獸便就地正法，不能讓妖孽作祟……即使那上頭有個高中生的靈體也一樣。

雙手裹著繃帶的芙拉蜜絲站在人群裡默默看著，耳裡聽見王媽媽的叫囂聲甚是刺耳，她到底知不知道護著鬼獸不等於護著兒子？這根本是在置他人性命於危險之上啊！

芙拉蜜絲的母親只是搖頭，輕摟著她的肩頭，就怕她輕舉妄動，畢竟她受傷慘烈，一隻手臂四個切口，一個切口二十針，加起來總共近兩百針才把肉給縫合，要癒合還得好些時間。

但至少她行動自如，而鐘朝暐的小腿骨就確實粉碎，原本已經註定要裝上義肢，卻在某夜過後突然長出骨頭，雖不完整，但加上手術、治療與鋼釘後，要行走並非難事；至於手上有咬傷、肋骨斷三根的江雨晨只待時間癒合，也沒有大礙。

關於鐘朝暐的奇蹟，堺真里歸給闇行使，因為那晚闇行使的確有進出醫院探視過他們幾人，不過對外他採取保密，畢竟人類是健忘的，事情一旦解決，又開始有人急著催促闇行使離開了。

「真是夠了。」她喃喃唸著，扭開肩頭就逕自往前走去。

「欸，芙拉——」母親想拉但是不積極，她怎麼就生了個如此衝動的女兒呢？

「喂，王媽媽！妳真的覺得妳兒子都沒錯嗎？我實在是聽不下去了。」芙拉蜜絲直接走到王媽媽面前，毫無懼色，「牠殺了這麼多人、吃了這麼多人，也一直覺得自己沒錯……妳不要跟我說那是被鬼獸控制，王宏一牠反吸收惡鬼，那邪物的意識是王宏一本尊的！牠打從心底裡就覺得這樣的濫殺是理所當然，因為強者就該擁有力量，還說我們總有一天會臣服！」

是誰這樣告訴他的？芙拉蜜絲一直覺得王宏一的想法一開始根本上就扭曲了！

「本來……我的宏一本來就是最強的，他很聰明又乖巧，他知道該做什麼……他做的事都是對的！」王媽媽瞪著芙拉蜜絲的眼神更加兇狠，「你們都是懼怕他的力量才會打壓他！」

「果然就是妳教他這些觀念，他才會覺得自己永遠是對的。」芙拉蜜絲悲憐的看著她，「這件事從一開始，妳就有責任了！」

「我有什麼責任？我愛我兒子有什麼錯！」王媽媽破口大罵著，「妳！芙拉蜜絲，才要對我負責！妳對我兒子做了什麼！是不是妳殺了我寶貝！」

堺真里趕緊踅回將芙拉蜜絲拉開，這丫頭總是這樣不分輕重，雖說王太太被壓制著，但也難保不會做出什麼不利她的行為，畢竟全鎮的人都知道，她、江雨晨及鐘朝暐進入鬼妖之門，在那可怕的空間中遇到了多麼可怕的事情，並且逃出生天。

自然，王太太就會認定，是他們殺掉她的「寶貝兒子」。

「別拉我，她造成多大的錯誤，現在還想一錯再錯？」芙拉蜜絲想掙扎，但是雙手都不太能活動的她輕易被堺真里往後拉開，「王媽媽，妳知不知道留著王宏一，可能會害更多人死掉的！」

是啊是啊……這回應如漣漪般的擴大，每個人就是恐懼這點！

「我，只要我兒子好就好了。」王媽媽滿佈血絲的眼笑著，「我管你們死活，身為母親，我只要守護我兒子就好了！」

這不就是當一個母親最該做的事嗎？只要拚命保護自己的孩子！

芙拉蜜絲發現自己不知道能說些什麼，她不是母親，她現在也還是個在父母羽翼保護下的孩子，她沒辦法理解王媽媽的想法……可是，這樣子鼓勵孩子為惡，絕對不是正途啊！

話說得難聽一點，如果王宏一不興起搶劫的心，不殺死趙伯，不發狠殺死大頭跟小兵，阿草他們也就不會想自保，或許就不會發生現在這一切了！

而王媽媽一再的接受他勒索別人的錢，還誇說他孝順，不就是扭曲的開始嗎？她自己都沒有發現，自己或許也是害死兒子的兇手之一啊！

「芙拉，好了，說再多她也聽不進去的。」堺真里壓低了聲音，「她若是懂，就不會有今天這一切。」

「我為死掉的人感到不值。」芙拉蜜絲緊咬著唇，強忍著淚水說著。

「隊長！」自治隊從王家走出，「沒有找到鬼獸的痕跡！」

咦？現場起了一陣騷動，沒有鬼獸的蹤跡？這不就表示鬼獸現在潛伏在某個地方嗎？

「哈哈哈！哈哈哈……」王媽媽偏偏在此時笑了起來，那笑容既得意又自滿，像是在說你們永遠找不到的！

「王太太，這事不能開玩笑的，究竟在哪裡？」堺真里急了，不能給鬼獸任何復甦的機會啊！

「寶貝……媽媽會保護你的，一定會……」王媽媽只是逕自笑著，自言自語。

深藍的身影突然現身，群眾們嚇得往兩旁退散，彷彿來的人帶有瘟疫似的，而芙拉蜜絲只會亮著雙眸，好奇崇拜的趨前，看著深藍斗篷的身影信步而來。

「鬼獸被力量保護著，你們這裡除了鬼獸，還有別的邪物。」闇行使聲音異常低沉，「他們聯合起來，把鬼獸藏起來了。」

「那怎麼辦？」堺真里緊張的上前。

「不急，鬼獸虛弱得無法行動，只怕要嗜血也成困難，除非有人自願送上門讓他食用。」闇行使意有所指的看向地上扭動掙扎的王媽媽，「雖不死，但也不會作亂。」

「可是剛剛說還有別的邪物？」堺真里沒聽漏。

「嗯。」闇行使的頭似乎側向了芙拉蜜絲這邊，她愣了一下，明白闇行使在說小乾的事，「這個交給我們便是。」

……芙拉蜜絲忽然蹙眉，「那個就交給我。」這句話她怎麼好像在哪裡聽過？

事實上在醫院醒來後，她就一直覺得腦子很沉，很多記憶相當混亂，只記得她、雨晨跟鐘朝暐三人力抗嚇人的惡鬼，帶著阿草跟浩呆威兩個不中用的傢伙，最後她還差點被浩呆威暗算！

細節不太詳細，只是老覺得自己漏了什麼……例如，他們只有五個人嗎？

「大家這幾天還是要小心，務必做好防範。」堺真里對著眾人說著，「闇行使，請隨我進屋確認。」

闇行使頷首，此時阿草及浩呆威的家人戰戰兢兢的驅前，一副想言不敢說的模樣。

「我、我家阿草……」阿草的媽媽聲淚俱下，「他被鬼獸吃掉的，他會……」

「靈體完整，我會做適當的超渡祈福。」闇行使主動看向浩呆威的父親，「您的孩子比較不完整，他的靈體被其他生魂撕扯，我一樣做超渡，但後面的事還是得交給法則，畢竟兩個人都揹了一條命。」

闇行使指的是殺死王宏一一事。

兩對父母都哭了起來，他們也沒想到自己的孩子做出這種事，因恐懼而殺掉同學……或者是潛意識裡的怨恨；浩呆威的父親摟著妻子遲轉身，眼神不經意對上芙拉蜜絲時，透出更多的歉意。

他們也知道了浩呆威意圖殺死芙拉蜜絲滅口一事。

有個女孩站在一旁望著闇行使，眼淚在眼眶裡打轉著，闇行使主動趨前，小倩絞著衣角，淚水擠出眼眶。

「妳爺爺會很好的，他的靈魂很完整，我昨天為他作法時，他的靈魂都還在擔心妳。」

「啊啊……」小倩仰起頭，鼻子酸楚湧上，淌下的淚水更多，她不自禁的上前拉住闇行使的斗篷，低首痛哭。「爺爺……我不會有事的，我會過得很好的！」

雖然語焉不詳，但是大家都聽得懂，闇行使輕柔地伸出戴著手套的手，撫上女孩的頭，「放心好了，他會知道的。」

這舉動看在某些人眼裡簡直是嚇得魂飛魄散，闇行使就像瘟神，天曉得這樣的觸碰會發生什麼事？聽說闇行使全身包裹也是因為這樣的因素，一來是避免其他人無謂的擔憂，二來是不讓自己曝光。

「我會、繼續做爺爺的冰淇淋！」小倩認真的握拳說著，再次仰起頭的小臉蛋散發著光芒，「請您一定要好好超渡爺爺！」

「我會的。」看不見闇行使的臉，但小倩聽得見那溫柔嗓音。

她退後一步，再九十度對著闇行使鞠躬，抹去淚水返身往家的方向跑去。

總算輪到她了！芙拉蜜絲始終對闇行使感到無盡崇拜，雙眼閃著光芒就上前。

「真的很謝謝您救了我。」她語氣愉快得很，感覺只差沒遞板子討簽名了！

闇行使轉過頭來，像是遲疑著般，沒有立刻回應，「妳很努力。」

芙拉蜜絲直起身子，又搖了頭，「才不呢，要是沒有您及時趕到，我可能已經死了！」

闇行使明顯地稍微歪了頭，看起來有些困惑的模樣。「不，是妳打退了牠。」

「是嗎？我只記得自己不自量力的拿鞭子去對付鬼獸，然後……」她眼珠子向上望著，「然後我看到深淵下的冰淇淋車子……浩呆威想把我打下去，接著小兵他們幫了我！」

芙拉蜜絲一邊說，一邊皺著眉，奇怪，為什麼她在做筆錄時覺得理所當然的事，現在卻有點卡住了，她長鞭勒住王宏一之後呢？牠消失了，是怎麼消失的？真里大哥說是因為長鞭上的法器，可是王宏一明明不怕那些法器的啊！

「別想了，活著就好。」闇行使忽然打斷她的思考，「以後千萬要小心，不要這麼輕易曝露自己。」

「是……我知道啦。」芙拉蜜絲哀怨的說著，從睜開眼睛那一瞬間，她就被唸慘了。

闇行使低低笑著，轉向堺真里，請他帶領前往王家留意，只是在旋身要進入王家前，後頭響起喇叭聲，自治隊的車子急速駛來！

「隊長！隊長——」車子橫衝直撞，嚇得大家紛紛閃開，留出一塊空地煞車，「你看！」

堺真里詫異回首，看著停下的車子裡，走下了穿著深紅斗篷的人，對方看起來也相當訝異，行動遲緩了許多。

「兩個闇行使？」人群中困惑的發聲，「你們請了兩個啊？誰請兩個的！」

「很花錢耶，我們沒有這麼多錢可以支付的！」

「是誰多事請了兩位啦！」

深藍斗篷的闇行使忽而上前，朝著來人伸出手，兩位闇行使相互用力握手，只見斗篷下的頭輕輕左移右晃，低語著旁人聽不見的話，最後高舉雙手，示意現場噤聲。

「我們是一起的，我只是比較晚到而已。」深紅斗篷的闇行使禮貌的朝向夥伴，「抱歉我來晚了。」

「沒事，已經解決八成了。」深藍斗篷的闇行使指向王家，「先把那傢伙抓出來吧！」

「那我們只支付一個人的錢喔！」有人緊張的叫著，急著現在講清楚，代表未來再跟他要錢絕對不出！

「是的。」藍斗篷的闇行使淡淡說著，隨著夥伴往前。

只是在前行時，紅斗篷的闇行使不經意的朝芙拉蜜絲這邊瞥了過來，她幾乎可以感受到直接的視線，嚇得挺直腰桿。

「快回去休息吧！」紅斗篷的闇行使伸出手指著她，「被惡鬼所傷必須好好休養，我等等送上符水，以求徹底淨化鬼毒。」

「謝謝。」父親不知何時也來到她身後，輕搭著她的雙肩，禮貌的朝著他們鞠躬。

其實他們在醫院時，藍斗篷闇行使就已經利用符水跟咒文清過一次傷口了，但是也不保證沒有後遺症，畢竟這又不是普通的傷口，多多益善！

望著兩個闇行使進入王家的背影，芙拉蜜絲只祈求他們能快點把鬼獸消滅……還有，她看著站在對面的女人，憔悴削瘦的臉蛋，看起來毫無血色，小乾聽說也宣告失蹤，他媽媽成天纏著自治隊，要他們幫忙找出小乾。

這個媽媽，是否也在保護小乾呢？就算發現自己的兒子怪怪的？

她已經偷偷請堺真里大哥轉告闇行使，關於小乾可能不是人的訊息，因為她無法判斷是人還是魑魅，萬事還得拜託闇行使；大哥說闇行使點點頭表示知道了，也沒太大動作，只要她放寬心，他們會查清楚。

究竟是魑魅族化身成小乾？還是小乾被魑魅附身了？不管哪一個，她只知道小乾是毀了，因為魑魅一族專吸收靈魂的，靈體與妖物融為一體，難分難解，一旦除掉魑魅，小乾也就……

芙拉蜜絲覺得有點可憐，因為小乾也算是個受害者，但是他終究被壓抑的情緒反撲，因為要跟魑魅融合──必須小乾心甘情願。

他是自願的，或許為了向曾瞧不起他的所有人報復。

「回去吧。」媽媽拍拍她。

「我想去醫院看雨晨他們。」芙拉蜜絲抬起頭，「我先去醫院再回──」

「不行！」父親低聲喝令，「妳給我惹了多大麻煩？先回家再說！」

芙拉蜜絲顫了一下身子，「我、我現在不是好好的嗎？這次我們沒有功勞也有苦勞嘛！」

「芙拉蜜絲！」

哎唷哎唷，知道了嘛！以後再也不以身涉險、不隨便接觸靈體或是邪物，而且不隨便曝露自己……咦？

芙拉蜜絲突然覺得這句話好怪，倏地回身看向王家屋子，曝露自己是什麼意思？她走在這裡算是曝露嗎？

還是說，她有什麼不該曝露的事嗎？

第十三章

今日，一反盛夏該有的陽光燦爛，反而有幾重烏雲飄至，只怕下午會下起午後雷陣雨的陰霾，像是在為簡單隆重的葬禮默哀。

所有因為鬼獸事件而往生的人們，舉行了聯合公祭，自治隊從深淵拉起了毀壞的攤車，遺憾的是只找到小兵塞在冰桶裡的屍體而已，不管是王宏一、大頭的屍身都已經被吃掉了，而一如在鬼妖之門中所見，趙伯的斷手卡在輪子附近，是唯一撿拾得到的遺骸。

小倩在靈堂前啜泣著，但是她不大哭也不大鬧，不想讓爺爺走得不安心，雖然從現在起，她成了孤身一人，可是她會堅強的活下去。

其他人的親人們也止不住淚，哀傷之情瀰漫，所以芙拉蜜絲不想參加。

外面的奏樂聲起，看來是即將出殯火化，他們保留了五百年前大致的習俗再加以簡化，凡人死必定火化，因為不能留下任何遺體，避免屍變或是被惡鬼吞食的可能性，而骨灰在焚燒過成中施以咒法，就能成為護身法器之一。

通常是交給後代保管，讓先人成為守護者，理所當然。

芙拉蜜絲到鐘朝暐的病房去，江雨晨也坐著輪椅前來，他們被允許不參加葬禮，因為他們都有涉入其中，不想讓精神再次受傷……雖然沒有人覺得受到什麼打擊啦！

「出殯了……」窗邊的鐘朝暐往樓下看，「這麼多人……啊，陳賡圻的媽媽哭得好傷心。」

嗩吶的聲音總是能帶出一股哀傷，隊伍隆重的前行著，各自的家人捧著靈位，前往火葬場。

叭——噗——悲傷的音樂每奏一段，小倩就會按下很長的叭噗音，平時聽見這個聲音總是興奮的引頸企盼趙伯的出現，現在只會叫人鼻酸。

叭——噗——

江雨晨難受的望著窗外，淚就這樣滑下，「只是一隻鬼獸，卻死了這麼多人……」

「雨晨，別擔心，這種事不會常有的。」芙拉蜜絲安慰著，卻不知道自己憑什麼說這種話。「而且這一次，我們還是解決掉了啊！」

「唉，別說了！我覺得命真的是撿回來的！」鐘朝暐轉過來，嘆了好大口氣，「我都不知道到底是怎麼可以逃出生天的！」

「我其實到中間就沒印象了，你們說我很威是不是騙我的啊？」江雨晨最晚醒，一醒來就哭了一整天，但是對於理智線中斷後的事，完全失去記憶。

芙拉蜜絲很好奇現在的雨晨到底是第幾人格？還是理智中斷後的才是真正的江雨晨？真是超暴力的。

「妳超威的，妳會拿刀子一邊捅惡鬼一邊尖叫著說：你嚇到我了！」芙拉蜜絲打趣的笑著說，「妳應該看看惡鬼的臉，牠們才想講妳嚇到牠了咧！」

「呀！別說了！」江雨晨恐懼的雙手掩耳，「我不想記起惡鬼啦！」

好好好，不說不說！可以捅爛惡鬼的人，現在連「聽」都怕，真是匪夷所思。

「欸，芙拉，小乾的事最後怎麼了？」被關在醫院的鐘朝暐什麼都不清楚。

「闇行使說了，十天之內會解決。」芙拉蜜絲有些無奈，「你知道鎮長就那個樣子，闇行使才來三天就趕他們走了，說超過天數不支付費用。」

「可是還沒解決不是嗎？」江雨晨嚇了一跳。

「就是闇行使說已經沒問題了，鎮長才立刻翻臉啊！」芙拉蜜絲鼓起腮幫子，「大哥好像安排了鄰鎮的邊界旅館讓他們住，萬一有事未竟才能及時趕回。」

「天哪……」鐘朝暐覺得頭疼，「魑魅不是很厲害嗎？鎮長怎麼這麼傻！」

「噓！你小聲一點啦，真里大哥不是交代不能把小乾可能是魑魅的事說出去？」江雨晨像個糾察隊似的管著，「這種事傳出去會比鬼獸更天下大亂的！」

「對、對啊……」芙拉蜜絲往外瞧了一下，所幸現在醫院裡的大家都只注意樓下的送葬隊伍，「不過大哥說闇行使似乎確認大致解決了！我們都只是普通人，也沒辦法做些什麼，能活著就不錯了！」

鐘朝暐說到這點頗有同感，「真的！我被我爸罵死了，說我們三個人竟然不怕死的跑回學校，才誤入鬼妖之門！」

江雨晨輕笑起來，「我也被罵了，但是媽媽最後還是心疼的抱著我說，回來就好——但是，我怕回家後會被禁足一陣子咧。」

「好奇怪，我們也算有點功勞吧？結果卻被罵到臭頭。」鐘朝暐滿不甘願的，「雖然不是我把王宏一解決的，至少也有點作用嘛！」

「我聽說是闇行使及時趕到，才救了芙拉呢，要不然浩呆威差點就把她打下去了。」江雨晨很難相信，浩呆威他們竟然意圖殺掉芙拉。

一開始的謊話連篇就是為了掩藏自己犯下的罪，因為是他們將王宏一推下去的，只是沒料想他會變成鬼獸，更沒料到鬼獸不僅保有人性的黑暗面，更保有王宏一的意識。

「小乾一開始說的就是這個，他是在提醒吧……」芙拉蜜絲一抹苦笑，「說實話的卻是他。」

小乾一再強調的是什麼？那天發生了什麼事？

大家選擇相信看起來正常的阿草、浩呆威，卻不相信看起來瘋狂的小乾，明明他們都是一起的，小乾甚至是比較弱小、被欺負的對象，同情時大家嘴上都會說說，但到了這種正經關頭，卻沒有人要信小乾說的。

或許他表現得瘋狂、或許看起來歇斯底里，但是這樣的人說的話就不足以採信嗎？

而相貌端正、儀表正常的人說出來的話可信度就比較高嗎？

人類的眼睛跟大腦一樣，總是容易受到蒙蔽，一樣都是學生，這個鎮上絕大部分的人都選擇相信了阿草他們，無視於小乾——唯有父母親人，才會比較願意相信自己的孩子。

當然，太過相信也是不好，王宏一就是一個例子。

而阿草他們一再的跟她接觸，也是擔心她會發現什麼，約到學校那天，她在電話中告訴他們發現線索，她沒有特殊用意，只是阿草他們以為她發現了「他們把王宏一打下深淵」的線索，才會赴約。

「沒人能想像那樣的小乾說的是實話吧？但是他為什麼不把話挑明了說？直接講阿草他們殺掉王宏一不就好了？」鐘朝暐不解的是這個，他腦子很直，不愛拐彎抹角。

「因為他是魑魅。」芙拉蜜絲挑了眉，「老師不是說過，他們是唯恐天下不亂的型，所以小乾跑去跟王媽媽說嘴，又故意挑起大家的不信任；再加上他也很難交代是從哪個角度看見這起命案的！」

「變態。」江雨晨噘嘴，搥了下被子。

「真正變態的是王宏一他們吧？那種想法論調都是王媽媽養成的，你們不知道那天王媽媽說了什麼，直到現在她還認為兒子是對的，錯的都是我們……」芙拉蜜絲頓了一頓，下一句話三個人幾乎異口同聲，「我家宏一是最善良的！」

靠！這種話也說得出來，善良到外面出殯儀式這麼長？

叭——噗——音樂越來越遠，三個人交換眼神，雙手合十開始為往生者祝禱，至少唸一段往生咒吧！

聲音遠去，他們睜開雙眼，彼此相視而笑，看著死亡的時候，才能體會到生的喜悅。

「雖然我們只有三個人，可是平常的鍛鍊沒白費，大難不死呢！」鐘朝暐熱血得很，雖然面對惡鬼的恐懼仍在，但更多的是那種激戰的熱血澎湃！

「幸好我練的飛刀有派上用場。」江雨晨劃上欣慰的笑容。

「不過我覺得雨晨要不要改練長刀？妳暴走的時候用飛刀太溫了。」鐘朝暐非常認真的提議著，江雨晨卻皺起眉，直說她一點也不想碰那麼危險的東西！

芙拉蜜絲微怔了幾秒，總覺得哪裡不對！「欸，等等！你們怎麼開口閉口都三個人咧？這太不夠意思了吧？」

江雨晨跟鐘朝暐不約而同的看過來，「怎麼了嗎？不就我們三個人嗎？」

「拜託，怎麼可能就我們三個能這麼威？」芙拉蜜絲有點不高興的噘起嘴，「這太忘恩負義了啦！要是沒有——」

沒有……什麼？芙拉蜜絲到口的話哽住了，等等，她想說什麼？

她記得她跟真里大哥做筆錄時，好像也是說他們三個加上阿草跟浩呆威，一共、一共五，不對！六個人吧？為什麼她覺得應該要有六個人！

「芙拉，妳怎麼了？還有誰嗎？」江雨晨咬了咬唇，「我記得就我們跟阿草及浩呆威啊！」

「是啊，阿草跟浩呆威有夠沒用的，害得我們幾次危在旦夕！」鐘朝暐提到他們就有氣，搞半天就是他們把王宏一推下去的！

「不對……」芙拉蜜絲搖了搖頭，「你們不記得在學校走廊上，鬼獸伸大手要抓住我們時，是誰擋下來還及時打開後門的？」

兩個人眨了眨眼，愕然的指向她，「不就妳嗎？」

「我？」芙拉蜜絲驚訝極了，「我怎麼可能這麼威啊！那時明……」

明明有個人擋下了攻勢，還把王宏一彈出去了！

她記得香氣，記得自己被護著的紮實感，有個白色的、散發著微光……捲捲的頭髮……誰？第六個人是誰呢？芙拉蜜絲突然發覺不對勁，她確定有六個人的，可是現在卻記不起來那是誰！

「芙拉，沒事的！醫生說我們記憶都有點混亂，真里大哥也說這是正常，很多事情會慢慢想起。」

「可是——」

叩叩，門板傳來敲叩聲，素淨的漂亮少年站在門口，還帶了一束花。

「咦？法海！」江雨晨嚇了一跳，芙拉蜜絲連忙轉過頭去。

「我叫 Forêt。」他再三強調，「不要一直法海法海的叫！」

「法海！你怎麼在這裡？外面不是在出殯嗎？」鐘朝暐訝異極了，連護士大部分都去了。

「又不是我家人出殯，我跟這鎮上的人也沒感情。」法海聳了聳肩，「而且我不習慣東方習俗。」

「噢……」江雨晨轉了轉眼珠子，說得還真坦白耶！

法海逕自走進病房裡，把花遞給江雨晨，不忘露出迷死人的笑容，「祝妳早日康復！」

「哇！謝謝！」江雨晨不禁紅了臉，接過一整束玫瑰。

另一束很隨便的百合就扔上鐘朝暐的腳，「喏，希望你早點會走路！」

「……」鐘朝暐皺了眉，看著躺在腳上的花，「我可以問為什麼差距這麼大嗎？」

「因為她是女孩子。」法海笑出一臉自傲，這理由這麼簡單還要問？

「那……」江雨晨趁機幫幫芙拉蜜絲，「芙拉呢？」

「噢。」法海微笑著，提高手裡的盒子，「她沒住院我就不準備花了，我倒是準備了歐式甜點！」

「歐式甜點！」這句話讓病房裡的人雙眼都亮了起來——除了芙拉蜜絲。

她兩眼發直的看著法海的背影，眨也沒眨。

「芙拉？」江雨晨嘖嘖出聲，她怎麼看法海看傻了。「芙拉！」

「啊！」她回過神，雙眸卻依然瞬也不瞬的盯著法海瞧，「什麼？」

法海微微回首，笑得迷人，「歐式甜點，要吃嗎？」

「噢，謝謝。」她回答得漫不經心，看著那金色的捲髮，像童話王子般的笑顏……
她想起來了，第六個人是誰了！
「你們三個也算話題人物了，能夠對付鬼獸不簡單呢！」法海打開盒子，裡面有三塊裝飾精美的蛋糕，「我也很佩服喔，以高中生而言超厲害的！」
騙子！芙拉蜜絲不可思議的看著法海，他明明在場的，第六個人就是法海，他是闇行使啊！明明就是因為有他，他們才得以存活的！
最後對付王宏一時，是他先制住了鬼獸的行動，否則只是纏著鬼獸的頸子有什麼用？就算她的長鞭超燙的也——燙？
「沒有啦！」鐘朝暐傻呼呼的搔搔頭，還不好意思起來，「芙拉比較厲害，那鞭子超威的，而且我很早就暈倒了。」
「不管怎樣，你們三個都活下來了。」法海眼神停在芙拉蜜絲身上，「我想你們會聲名大噪一陣子呢。」
「唉唷。」江雨晨紅了臉，因為她根本對暴走這件事不感到光榮啊。
為什麼雨晨他們都不記得了？不，她也有片刻的失憶，連名字都忘記，可是在看見法海的瞬間，什麼都記起來了！
是法海擋下了在校舍裡的攻擊、是他開了門，是他唸咒逼迫土裡初生鬼獸離土，再由她長鞭鞭笞，也是他做出短暫的結界牆、是他在危險之際逼退了王宏一，最後也是他制住王宏一的行動好讓她有辦法唸咒語的。

在陳廣圻家的浴室裡，王宏一齜牙咧嘴從水氣裡衝出來時，也是他隻掌罩住鬼獸的臉龐，施以咒語逼退了牠。

更別說他幾乎什麼都知道，知道危險即將到來、知道游離的闇行使終於死亡才阻止真里大哥前往、知道浩呆威有問題，離開前還莫名其妙問她鬼獸習性甚至叫她小心，他洞燭所有機先——甚至當她說她認為闇行使不該接受區分或迫害時，他笑著說：「我知道妳不是。」

他當然會這麼回答，因為……芙拉蜜絲攤開掌心，端詳得出神，她還想起了一件要不得的事——

她，是闇行使！

尾聲

女人跌跌撞撞的躲在樹後，深怕被誰發現的鬼鬼祟祟，頭髮雜亂，雙手都有綁縛的痕跡，她可、可是好不容易才溜出來的！堺真里那個可惡的人，居然拘留了她好幾天，她又沒有犯錯！也沒有在她家找到什麼鬼獸，憑什麼關她！幸好有律師幫她出面，她才得以回家……偏偏回家後，又派人守在她家門口，真是太超過了。

她好擔心，擔心她的寶貝宏一不知道現在怎麼了。

「王媽媽！」有個聲音喚著，「這邊這邊！」

王太太擔心的探出頭，在小路前方看見招手的小乾，「小乾！」

「噓！」小乾緊張的比了噓，他還是穿著雪白亮麗的制服，拚命招手。

王太太連忙往前，她依照之前的約定，只要發生事情，就到邊界地帶去，所謂邊界地帶是指鎮的周邊，他們這鎮是八角形的，每一邊都有邊界，整個西邊都是無界森林，其他各界有通往山的、有通往鄰鎮的，全部都是較荒僻的地方。

人口都集中在中心地帶，主要也是為了由外圍一層層設著防護結界直到中心，為了避免怪物邪魔……儘管如此，還是防不勝防。

他們相約在東北邊角，這兒通往的是萬人山，取自於一百多年前曾在這裡死亡的萬餘人，血從山上流下，聽說匯集成河。

這一帶因為極陰邪都沒人住，只有一些舊時的廢屋，大概唯有闇行使敢住了。

小乾帶著王太太前往一棟頹敗的木屋去，那木屋已荒廢好久了，三層樓的歐式建築，還有花園腹地，可惜現在只是一團殘破，勉強剩下一樓還能遮風擋雨。

「宏一呢？我的孩子呢？」一進門，王太太緊張的問。

小乾留意著後頭有沒有人跟來，他總覺得一直在被注視中。「別急，妳沒事他就沒事，說過幾百次了。」

是是是，那晚在無界森林裡見到宏一時，她好激動好感動，沒想到孩子還活著，可是小乾卻出現說宏一受傷過重，隨時會有危險，除非她願意保有他的元神。讓他的元神寄在她身上，只要她不死，不管誰如何傷害王宏一，他都不會死。

「他現在很虛弱，幾乎被摧毀殆盡……要不是有妳，早就形神俱滅了。」小乾走進屋裡，破敗的木板發出嘎吱的聲音，微弱的陽光從一旁木牆破洞照入，光線落在眼前早腐朽的樓梯上頭。

小乾站在王太太面前，開始解開制服鈕釦，她起先不明所以，但是在看見制服下、皮膚下那張扭曲的臉時，便瞭然於胸了！

「宏一！」嚇了一跳，那醜陋的臉是宏一？

「別動，我取他出來。」小乾將制服完整脫下後，開始脫「皮」。

伸直食指，指尖長出如刀刃般的指甲，自胸膛正中心割開皮膚，鮮血如注，看得王媽媽是心驚膽顫，緊接著他十根指頭都插進皮膚的縫隙中，像剛剛脫去襯衫般的打開自己的皮。

左右敞開，在那身體裡除了懸在空中不滴落的血與內臟外，還藏著另一個小乾，還有角落裡一小團具人形卻扭曲的東西，大小僅有手掌大，醜惡非常。

小乾取出那個東西遞向王媽媽，再猶豫再噁心她還是伸出雙手呈接，因為那是她的寶貝兒子。

王媽媽不經意瞄了眼裡頭另一個小乾，他比以前看起來更瘦了，冷淡的瞥了她一眼，繼續闔上雙眼，而外頭這個小乾也闔上了「皮衣」。

「為了保護他我可吃了不少苦頭，裡面那個千百個不願意收留他的。」小乾皮膚一貼合立刻就密合起來了。

「我懂我懂……我的宏一怎麼變成這樣？他、他好慘，他還好嗎？」王媽媽憂心如焚的看著掌心裡的怪東西問著。

「魂都還在，要恢復也不是問題，就是得要有血。」小乾好整以暇的穿上制服，「慢慢的餵血，直到他夠大了能自己出去覓食了，自然就會恢復得跟以前一樣強大。」

「那……用我的血！」王媽媽趕緊把鬼獸交給小乾，「幫我接一下。」

小乾嫌惡的接過，王媽媽動作俐落的脫下外套，捲成一團放在地上，再將鬼獸小心翼翼的放在外套上頭，深怕會弄傷了他。

「可以嗎？先讓他喝我的血，然後……」王媽媽眼露兇光，「外頭就多的是食物了！」

「可以。」小乾笑了起來，「我找妳來就是為了這件事，因為我可不想幫他……但是妳不一樣！妳是媽媽，無論如何……母親都會保護兒子的對吧！」

「當然！」王媽媽斬釘截鐵的說著，二話不說伸出手腕，「幫我一下吧！」

小乾勾起一邊嘴角，他好期待，期待這個鬼獸再次恢復，再次肆虐的模樣啊，光想像就叫人愉快呢！

指尖割開王媽媽的手腕，紅色血珠立刻滲出，她趕緊移動手腕到鬼獸上方，輕聲喚著王宏一的名字。

「痛痛！」

驀地從他們之間跑出一隻小手，一把握住了王媽媽割開的傷口！

「啊！」她嚇了一跳，一個男孩，看上去只有七、八歲，圓圓的藍色眼睛跟Q嫩臉頰，像洋娃娃似的瞅著她。

「痛痛，不行喔！」男孩說著，把手拉過來，在她傷口處啾了一下。

王媽媽愣住了，這孩子哪裡來的？小乾也呆愣的看著男孩，怎麼可能有孩子進來還無聲無息？

正質疑的剎那，屋子裡突然急速轉變，破敗的牆修補起來，所有斑駁的陳舊與頹圮都恢復正常，甚至上了漆、貼上壁紙，一眨眼的時間這屋裡竟是嶄新且華麗的歐式風格！

王媽媽瞠目結舌，小乾不安的皺眉，警戒似的看著這突如其來的變化。

「我說，你們在人家家裡做什麼？」

咦？他倏地往前看，在鋪著紅毯的樓梯上，竟站著一個美麗的少年。

「……」小乾驚愕，「你、你怎麼會在這裡？」

「擅闖別人家就已不對在先了，居然還把那種髒東西給帶進來？」少年撥動著金髮，回身緩步走上階梯，這時上頭的平台早已擺了張富麗堂皇的座椅，跟王位似的，少年從容坐了上去。

小乾擰眉，警戒似的覺得不對勁，即刻想要逃離。

他原本是要瞬間移動的，但是卻發現無論如何，自己都在原地沒有改變方位。

「吃飽了沒？」椅子上的少年慵懶的說著，隻手托頰，手肘靠在那雕刻金碧輝煌的扶手上，對著樓下說著。

吃飽？小乾順他的眼神看過來，倏地向左看向王媽媽，卻看見那可愛男孩的嘴離開了王媽媽的手腕，眼前的女人除了原本的狼狽，更添了憔悴……那豈止憔悴，根本是毫無血色，瞪圓的瞳仁已經放大，小男孩鬆開了手，她頹然倒地。

男孩舔舔滿嘴的鮮血，露出滿足的神情，可愛的圓臉朝向了他。

「等等……你們是——」小乾才想防禦，卻看見男孩咻的離開他面前，僅存殘影。

頸子倏地一陣刺痛，他瞪圓雙眼看向身後，小男孩手裡握著詭異的七齒尖梳，從他的頸子裡抽出來。

那是銀色的尖梳，上頭刻滿了對付魑魅的咒文……所以，他不能動了！

男孩不知哪兒生來一個瓷壺，將他頸子的傷口往那壺口裡傾，大量鮮血湧進了壺裡，鮮血裡流著靛色的血液，這個身體畢竟是人與魑魅的結合體，擁有特殊的血液也是正常。

小男孩望著那血液發出驚嘆，上頭突然咳了聲，他嚇得斂起笑容，趕緊拿銀梳索性割開整個頸子，讓血大量流出，直到盛滿瓷壺為止。

一裝滿，他就伸腳踹開小乾，急忙蓋上蓋子，擱上早備妥的托盤，恭恭敬敬的端上樓，放到了少年身邊的桌子上；托盤上有著近透明的白色瓷杯，男孩將鮮紅血液倒入杯裡，鮮紅還隱約透出杯外。

少年接過，緩緩啜飲一口，美麗的五官滿溢著陶醉與享受，魑魅混著人的血真是太香甜了，如此新鮮溫潤，根本是難得的珍饈佳饌啊！

「這根本是極品。」少年滿嘴鮮血，紅唇對著倒在地上的小乾說著。

在小乾與王太太的中間，有個小小的東西正在往前蠕動，少年看向旁邊的男孩，再指指樓下。「等會兒記得所有灰燼都得清出去，屋子裡不許留有那種東西的一絲灰塵。」

「是的，主人。」男孩童稚般的聲音愉快的說著，還在舔著齒縫，品嚐殘餘的鮮血。

「那……那個醜八怪呢？」

「鬼獸啊……」少年惡趣味的笑著，「等等拿香灰把他埋起來吧，他蒸發乾了之後能保存滿久的，當標本擺飾也好。」

「哇……」小男孩露出燦爛的笑靨，好好玩喔！

地上的鬼獸聽見了，只是更慌張的想要離開這裡，他不能死，他還要找芙拉蜜絲算帳，他是什麼人啊，怎麼可以死在這裡！

少年喝完一杯再一杯，他突然壓住瓷壺，用下巴指指樓下，「我自己來，你快去。」

男孩立正站好，鞠躬行禮，一聲「遵命」就咻的來到樓下，一把抓起了鬼獸，往自己口袋裝。

緊接著靈活的往隔壁房走去，舉著比他大三倍的吸塵器，蹦蹦跳跳的跑回來；插電，檢查集塵袋，小男孩站在小乾身後，準備妥當。

小乾呈現跪姿，只有身體僵硬的倒下，身子呈現詭異的三角形，一雙眼不可思議的看著台階上方的少年，心裡想的是不可能不可能不可能……

「法……法海……」他掙扎的，吐出最後一口氣。

須臾，小乾瞬成一座沙雕般的塑像，身上再無任何顏色。

「Forêt。」他又喝了一口鮮血，「到底要我說幾次。」

喀，小男孩按下開關，咻咻咻咻咻咻。

The End

後記

有想過未來的世界會變成什麼樣嗎？

近幾年氣候異變，天災不斷，每每總在想著地球爆炸之前說不定已經被人類搞爛了，因此在異遊鬼簿系列中，最後才會用那樣的方式結束。

其實所謂世界末日並沒有想像得太遠，基本上如果核子戰爭發生，大概就差不多了，所以世界各國才會極力避免。

關於未來，不乏小說與電影都有題材，有科幻的，也有走向原始的，而順著末日的劇情，讓我不禁勾勒起未來的世界，在我創造的世界裡，該有什麼未來？

是的，聰明如你，想必在《末日審判》中便可窺見一二。

宇宙中本來就不只有地球有生物，無數個銀河系中都有無限個生命體，因此在我的新世界中，有人、有妖、有魔，有各種你們想得到的非人類，古今中外，均能傾巢而出。

主因繫之於法則的崩壞，至於為什麼崩壞，科科，你們都曉得的。

想想，如果世界上真的有那麼多種東西與我們共同生活的話，區區人類能有什麼力量抵抗呢？失去科學與科技的生活又是如何？就算真的擁有，要怎麼對付不屬於人類的生物？

當然，在這種掙扎求生中，還得應付回歸獸性的人們，這更是辛苦。

在嶄新的故事與世界中，很多東西是延續既有的世界觀，不過延伸了五百年，但是生物體系倒是不太一樣，種族也有些多，未來他們都會一一出籠，畢竟人類是這種世界中最弱的一環，通常不是食物就是寵物來著的。

不過我相信不管怎麼變，人類的劣根性不太會變，什麼時代都會有類似的人出現，尤其是「我的孩子最乖，都不會做壞事」這種體系，應該更是層出不窮吧！

霸凌這種閉著眼睛想都會有，我想應該史前時代就有了，五萬年後也一樣，只要有人類，都會有這種事；霸凌可小可大，說不定我們自己都在做一樣的事而不自知——甚至樂在其中。

我很喜歡這次的角色們，總是喜歡帥帥的女主角，至於男主角嘛，喔呵呵呵，當然要帥！要神秘啊！這次可以說神秘到底了吧！至於名字……咳，是有一點點不搭調？（Forêt：只有一點？）

害我想到最近看某傢俱的廣告：「老衲法海，只收蛇妖！」XDDD

還有一個隱藏版的秘密，我放了我很喜歡的人在本書中喔～不知道有沒有人會偷偷注意到呢？有注意到的話，再到部落格來偷偷跟我說吧 XDDD 請繼續期待全新的世界，還有，在五百年前世界瀕臨崩毀前的童話故事，那兒有另一個也很帥氣的女人等著大家喔！

愛死芙拉的笭菁

妖異魔學園

DEVIL ACADEMY：THE SCHOOLHOUSES

群魔校舍

等菁作品04

國家圖書館出版品預行編目資料

妖異魔學園：群魔校舍／等菁 作.
一 初版. 一 臺北市：春天出版國際，2013.12
面；　公分. 一（等菁作品）
ISBN 978-986-6000-88-1（平裝）

857.7　　102021444

ISBN 978-986-6000-88-1
Printed in Taiwan

作者　等菁
封面繪圖　MOON
封面設計　克里斯
內頁編排　三石設計
總編輯　莊宜勳
主編　鍾靈
編輯　黃郁潔

出版者　春天出版國際文化有限公司
地址　台北市信義區信義路四段458號3樓
電話　02-7718-0898
傳真　02-7718-2388
E-mail　frank.spring@msa.hinet.net
網址　http://www.bookspring.com.tw
部落格　http://blog.pixnet.net/bookspring
郵政帳號　19705538
戶名　春天出版國際文化有限公司
法律顧問　蕭顯忠律師事務所
出版日期　二〇一三年十二月初版
定價　240元

總經銷　楨德圖書事業有限公司
地址　新北市新店區寶興路45巷6弄6號5樓
電話　02-8919-3186
傳真　02-8914-5524

苓菁作品

苓菁作品

苓菁作品

苓菁作品